KEY·可以文化

La Maîtresse de Brecht Jacques-Pierre Amette

布莱希特的情人

[法] 雅克 - 皮埃尔 · 阿梅特 著　　周小珊 译

浙江文艺出版社
Zhejiang Literature & Art Publishing House

献给我的姐姐

城市

城市之下是阴沟，

城市之中空无一物，城市之上是烟雾。

我们曾生活在其中。我们没有过丝毫乐趣。

我们很快离去。而慢慢地，城市也消亡。

贝托尔特·布莱希特《家用祈祷书》

目　录

东 柏 林

1948

1

他久久地凝视着从眼前掠过的红棕色森林。

布莱希特在东西柏林隔离区边界下了车,走进德国警察的哨所,打电话给德意志剧院。他妻子,海伦娜·魏格尔,围着汽车活动活动双腿。壕沟里有一辆生锈的装甲卡车。

一个小时后,三辆黑色轿车来接他们夫妇。来的有阿布施、贝克尔、耶林、杜多夫,都是文化联盟的成员。他们解释说新闻记者在火车站等着,布莱希特说:

"这样的话,我们就把他们摆脱掉了!"

他笑了。海伦娜笑了,贝克尔笑了,耶林微微笑了笑,杜多夫没有笑。海伦娜·魏格尔怀抱着一束雏菊,笔挺地站在官员们的中间。她一身黑西装,脸庞骨瘦,目光严肃,头发往后梳着,面带微笑,神情坚定。

布莱希特跟这几个人握了握手。白色的面孔。灰色的面孔。夫妇俩站在身着黑大衣的文化联盟官员中没有动。

这个脸圆圆的,像罗马皇帝那样把头发梳到额头的布莱希特似乎给所有的人留下了深刻的印象。

终于见到了伟大的贝托尔特,德国最著名的戏剧家在流亡了十五年之后,又回到了德国的土地上。

当最后一位摄影记者被一名警察推开后,布莱希特关上车门,官方车队便驶了开去。

布莱希特凝视着这条通往柏林的柏油路。

他们不是在进城,而是在走进灰暗。

不堪入目的涂鸦,树,草,无人管理的河流,摇摇欲坠的阳台,无名的植物,矗立在田野里的断瓦残垣。

汽车进入柏林市中心。系着头巾的妇女正在给石头编号。

他于1933年2月28日离开德国的土地。那时候,每条街上都是旗帜和纳粹的卐字标记……今天,是1948年10月22日。十五年艰难地过去了。如今,官方的汽车飞速行驶着,超越苏联的卡车和衣衫不整的稀少的行人。

布莱希特摇下车窗,叫司机停车。他下了车,点燃一支雪茄,凝视着这片废墟。四周一片寂静,白花花的围墙,发黑的窗户,无数倒塌的建筑。傍晚的落日,风,许多好奇的蝴蝶,一些被拆的炮台,一座碉堡。

布莱希特坐在一块石头上,听司机对他说,如果有金融家参与,城市很快就能重建起来。布莱希特心想,恰恰就是金融家们把城市推倒在地。他上了车,墙壁细长的影子投进车里。

绵延几公里都是废墟,破碎的玻璃,装甲车,路障,带刺的铁丝网前面的苏联士兵。有的房子像洞穴。弹坑,绵延的水域,依旧是废墟,大片的空地,偶有几个行人聚集在有轨电车的车站上。

阿特隆饭店的工作人员从窗户里看着他到来。

布莱希特在宽敞的房间里脱掉了华达呢雨衣和外套。他洗了澡,从箱子里挑了一件衬衣。楼下四层,就是德国的土地。

旅馆的大厅里有欢迎致辞。当说到感谢他到来时,布莱希特有点昏昏欲睡。他想起了在奥格斯堡上高中时读过的,旅居加利福尼亚时曾经回忆起的一个非常古老的德国故事。一个女仆发现有个熟悉的精灵到炉灶旁坐在她身边,她给他腾了点位置,在冬天的漫漫长夜里与他交谈。有一天,女仆请求海琴(她这样称呼他)显出原形,但是海琴拒绝了。后来,女仆坚持了一阵后,他同意了,叫女仆到地窖里去看他显形。女仆拿了一个烛台,走下地窖,在一只敞开的桶里,她看到一个死婴漂浮在血泊里。而许多年前,女仆偷偷地产下一个婴儿,割断喉咙,藏在一只桶里。

海伦娜·魏格尔轻轻地拍了拍布莱希特的肩膀,让他从昏沉中,更确切地说,从沉思中清醒过来。他挺起身,镇定自若,心里想着柏林就是一桶血,而德国,从他少年时代的第一次大战起,也是一桶血,他则是海琴的灵魂。

血曾经在慕尼黑的街上流淌,而现代德国又与古老的日耳曼故事中淌着的血流重合。他回到地窖,以卑微的理由,想从此把孩子带出来,让孩子接受教育,用冷水去洗掉地窖地砖上留下的血。歌德用他的《浮士德》,海涅用他的《德国》做过,然而污迹越来越大,德国母亲快要窒息了。

透过窗户,他看见穿着粗笨鞋子的女人在给石头编号。街道没有了,只剩下路和云。

晚些时候,在文化联盟俱乐部的客厅里,顿姆希茨做了高明的简短发言。

布莱希特快乐地看着贝克尔、耶林和杜多夫。多么有趣而不相称的三人帮。他透过雪茄的烟雾想着。他面前的这些人负有引导东德走向艺术博爱之伟大理念的使命。其中两个人曾经是他年轻时的伙伴。从今以后他们成了"同志"。

想象一下三个身着深色外套和白衬衫、系着圆点领带的男人的样子。他们,在俱乐部宽敞的海鸥厅里,穿着用可怕的苏联棉布裁剪的西装。顿姆希茨读着三页灰色的纸。他优雅考究,像被提升为校长的大学教授一样保持身材,好吸引年轻的女人。

他的身边是约翰内斯·贝克尔。他没有变。他戴着圆圆的近视眼镜,保留了温和与亲切。贝克尔记得年轻时的布莱希特,瘦瘦的,不快乐,头上戴着帽子,嘴里叼着黑雪茄。布莱希特双脚踩在椅子上,读着,更确切地说是揉着柏林的报纸,因为靠《三毛钱歌剧》很快赚了不少钱而得意。他从一本蓝色的硬皮小书里学习"战后经济",带着几张解剖图散步,想买把斧子劈开领导柏林大舞台的那些软脑壳。他跟着有轨电车跑,一手搂一个女舞蹈演员,爬到剧院的屋顶上。他赠给观众观察社会的巨大眼镜。问题呢?他还没有时间读马克思的著作,但是坚定地信仰马克思主义,认为能从中找到无数戏剧点子。而贝克尔,在顿姆希茨致欢迎辞的时候,其实在想,今天,这个老布莱希特是不是在大衣下藏了一把斧子,要砍破德意志民主共和国官方作家们的脑袋……

当了东占区文化高级负责人的约翰内斯·贝克尔,想着年轻的布莱希特完美无缺的皮大衣。他寻思着,现在,布莱希特的皮是否厚得足以对抗那些精通马克思主义的同志,那些领导着令人生畏的作家联盟的专家们。

海伦娜·魏格尔也记得贝克尔。在她看来,约翰内斯身上发生的变化,是背:笔直的背,保持与官员身份相称的身材。以前,他懒懒地躺在吊床上,把樱桃核扔到女演员们的头发里。海伦娜想,我会比布莱希特与贝克尔处得更好。

赫伯特·耶林读着一篇简短的发言,他更白,头比较圆,而且光滑,目光扫来扫去,孤独,清醒,考究。他翻着纸张,朗读着他圆而小的字体,带着热情,也保持着距离。他的发言里满是大家爱听的流畅的套词。

布莱希特记得以前,他读耶林的戏剧评论就好像是在听德高望重的医生作诊断。耶林那时已经是最受人尊敬和畏惧的评论家了。

他老来有了外交官的风度,但他的目光失去了敏锐性。他没用多少时间就摆脱了纳粹的影响。重建全民教育政策,缺的就是他这种水平的智者。他用光彩熠熠的语言恭维布莱希特的时候,大厅里的气氛却是冰冷的。他用委婉、平静、柔和的语调结束了发言。随后他伸出左手,搭在布莱希特的肩上,提醒布莱希特,从一开始他就陪伴左右。他用他的手触到了他们年轻时代的神圣实质。然后还有一个发言。

海伦娜·魏格尔听着,沉思着,有些疲倦。她把头凑近布莱希特,在他耳边轻声道:

"那个胖子是谁？就是那边手里拿着帽子的？"

她指的那个人，长得壮实，光秃的额头上满是汗水，穿着一件过紧的外套，扣子没扣好。他巨大的袖口扣子，属于庸俗的小老板那种类型。并且那人保持着立正的姿势，仿佛看见德国的美德用耀眼的光芒照亮了房间。

"杜多夫！这个无耻的杜多夫！"布莱希特回答道。

斯拉坦·杜多夫也一样，二十年代在柏林工作过。他也是黄金时代布莱希特的一个伙伴，那时候他们花天酒地，神奇的柏林有着轻佻的女人，还有用刚从濒临破产的剧院钱柜里拿出来的钱换来的微薄的快乐。

这个保加利亚人在 1926 年或 1927 年左右参与了电影《库勒·旺贝》的剧本创作。1932 年，他在警察监视下的莫斯科引导过布莱希特。布莱希特想：应该拿出合适的、符合期望的艺术成果……大脑可能退化……应该第一个顶住政治奉承……

他对杜多夫笑笑。贝克尔拥抱魏格尔和布莱希特时，所有的人都鼓了掌。

上了白葡萄酒。

后来，在阿特隆饭店，电话响了（一个又大又老的家伙，仿佛是苏联军队多余的机器），但是接电话的是魏格尔。大家都想看贝托尔特：雷恩、贝克尔、埃尔彭贝克、卢卡契。

楼层服务生拿来了一个放满贺电的托盘。雪茄烟雾后的布莱希特保持着嘲讽、冷静的目光。

夜幕降临。

布莱希特独自坐在房间里。他凝视着他的新通行证。

2

苏联军队的天气预报机构安置在路易森大街一个老式公馆里,靠近所有文化官方代表去聊天、看报、互相询问近况的海鸥俱乐部。一片空地后,是苏联军事管理处的四间棚屋。这里集中了签证处、莫斯科电台的几间办公室,还有些附属机构,不断地堆积卡车从空军部旧址运来的大量报告。

玛丽亚·艾希带着传唤通知走进窗户上围着铁丝网的第二间棚屋,推开一扇带玻璃的木门。她出现在灯光昏暗的走廊里,几辆推车里堆着一些旧《信号》杂志和旧文件,文件上的标签是用练习本做的,上面用紫墨水写满了西里尔文字。

玛丽亚往前走。她穿着一件灰色的雨衣。她的面孔煞白。透过一扇半开着的门,可以看到一个穿着死板的灰色套装、盘着发髻的女人。她正在翻文件。

"请问,汉斯·特劳的办公室在哪儿?……"

那个女人向玛丽亚转过身来,没有问答,指了指走廊尽头。

两扇窗户前是紧密的铁丝网。两个苏联士兵侧身让她过去。从旧空军部来的旧军事图和柏林地图,门上带着古怪的钢制插销,贴着胶合板的隔墙上还留着木匠的粗线笔勾出的晕线,打结的电线用钉子固定着,挂在上面的光秃秃的灯泡光线微弱:这一切都让人想到临时搭建的工地,显得寒酸。

她走进仅靠围着铁丝网的窗户采光的房间里,一个姑娘站在梯子高处,从一个洗衣篮里拿出文件夹,塞到架子上。

汉斯·特劳穿着翻领的登山毛衣,金发,运动员气质,他边翻看着用俄语写的报告,边揉着脖子。他准确而迅速地在某几页加上批注。一股糨糊和干燥的书皮的味道。那梯子顶上的姑娘爬了下来,顺便打量了一下玛丽亚的面孔。

汉斯伸出手:

"玛丽亚·艾希?"

"是的。"

他拿过一张椅子,摆放的地方让玛丽亚正好对着窗户透过来的光线,而他则背对着光。然后,他把助手打发走,用半懒散半嘲讽的口吻说:

"我的名字是汉斯·特劳。我负责东西柏林隔离区的人员流动。"

他拿起一沓经济信息单，从底下抽出一份帆布封面的文件，翻了翻，里面夹着几页打字机打出来的纸，和几张皱巴巴的复写纸。

汉斯·特劳站起来，走过来，双手支在桌子的前侧。他一动不动，微笑着。

接着他缓缓地抬起头，稍稍向后仰，审视着这个面容迷人的年轻女子。他注意到她的头发洗得很干净，肤色极白，尤其是她的双手动来动去。让这个年轻女子局促不安，汉斯·特劳没有感到丝毫乐趣。他觉得，作为一个女演员，这张脸惊人的明净。玛丽亚·艾希在想些什么呢？她低调而略带忧伤的神态让汉斯吃惊，因为这与维也纳转来的资料不吻合，在那里，玛丽亚·艾希被看作是一位优秀、高贵的演员，"充满活力，喜爱社交"。汉斯终于拿出一份米色帆布封面的文件，从一只抽屉里拿出一支栗色木头粗铅笔，边翻文件边用既不做作也无恶意的语气说道：

"玛丽亚·艾希，是个漂亮的名字。"

他没有提高音量，翻着文件，并用他的栗色铅笔，在用打字机打出来的某些句子前画一个小叉。而玛丽亚·艾希一边回答着关于她的童年,她在维也纳的经历,以及她演员生涯开端的第一批问题,一边想,为什么这个情报官员说话的声音如此单调,语速既不加快也不减慢。她觉得他乏味的礼貌令人不安。他问到她为什么得宠于顿姆希茨这样重要的人物时,她觉察出几分讥讽的味道。

"您是他的红人,"他重复道,"他的红人……顿姆希茨同志领导整个文化部门……您认识顿姆希茨五个月……您在哪里遇到他的?"

在问话中,玛丽亚觉得这个自称是汉斯·特劳(像是普鲁士军营里的踢步声)的人掌握着她的家庭与维也纳纳粹勾结的全部证据,因为他眼前放着她的父亲弗里德里希·希耶克和她的丈夫冈特·艾希的两张民族社会主义党党员证。汉斯·特劳翻着文件,给了一些她那逃亡西班牙的父亲和以假身份生活在葡萄牙的丈夫处境艰难的细节,东德情报部门对他们的情况了如指掌。

汉斯说了很久她那应该关进"疯人院"的"精神病纳粹"父亲和丈夫的遭遇之后,坦诚、直率地正视着她,建议她接受他所说的"对未来的全面保障"。

汉斯没有玩问与答的游戏(答案他纸上都有了),而是不慌不忙地建议玛丽亚为"改变"这个国家的"历史"而工作。他立即谈到公民身份、待遇、工资、医保、物资供应、体面的住房、艺术地位的提高。就像电影里赌徒在赌场上把剩下的钱都压在红色上,玛丽亚听到自己接受了一切。如果她不这样做,她将被迫通过桥梁、道路、曲径,逃往西占区,最后也不过就是面对美国官员,他们会将她父亲和丈夫当过纳粹的一堆确凿证据扔到她脸上。她在西德的处境将会更加艰难。她将被从兵营拖到可怕的军队剧院,无依无靠,得不到任何保护。她将不能保证年幼的女儿的安全。她将受到怀疑、监视,她将变成皮条客的猎物。她想象着要不断地去贿赂。这都是再次受侮辱的场景。她看到自己身无分文,名字与羞耻联在一起,而这里,顿姆希茨,苏占区的文化负责人,是她的"朋友"。汉斯·特劳点燃一支烟,玩弄着打火机,发出清脆细微的声音。她在烟雾中听到他肯定地说:

"您曾经是顿姆希茨的情妇。"

她把一缕头发绕在食指上。

"您想知道吗?不,我没有跟顿姆希茨睡过觉……"

"好,好,好。"

他清清嗓子。

"以后会的……"

这时,办公室进来一个三十岁左右的男人,胖乎乎的,抹了发油的头发粘在一起,衬衣的领子皱巴巴的,一件老式的背心缺了扣子。他用一块格子大手帕擦额头上的汗。他含糊地向玛丽亚打了个招呼,跟致哀似的。他在找椅子,从煤炭分配与库存手套和靴子再利用的相关文件堆后找到了一张。

他的西服皱巴巴的,领带是黑色的,像根绳子一样系在又旧又脏的白衣领上。这个被汉斯·特劳称作特奥·皮拉的人,是他的助手,很像战前柏林的饭店门卫。他油腻的头发让他看上去仿佛是从水里拖出来的死人。特奥·皮拉对来访的女客并不在意,用沮丧的口气咕哝道:

"跟基督教青年会的领导人没完没了地谈论麦子、煤炭,要把我累死了……"

他从口袋里掏出一张蓝色的揉皱了的纸,轻声咳嗽着把纸展开,说道:

"你认识那个迪特里希·帕佩克吗?"

"不认识。"汉斯说道,他讨厌被打断。

"我得跟他谈谈,不然他就回什未林去给土豆培土。"

汉斯茫然地用一根手指轻轻地敲了敲,做了一个介绍:

"特奥·皮拉,玛丽亚·艾希……"

"您是演员?"

"是的。"玛丽亚说。

特奥打量着这个纤细的女人,她的大衣上巧妙地搭着一条方巾,一头漂亮的金色卷发。他在这个无疑用暗藏焦虑的极度冷漠来掩盖不安的美丽女人面前感到窘迫。汉斯说话的时候,特奥把一块硬纸片塞到漏雨的窗户下,然后用自己外套的一角擦了擦滴下来的水。

汉斯接着说:

"那么说您跟他没有什么特殊关系。您知道我们了解情况。您的寂寞……"

"您弄错了,我不觉得孤独。"

"可是……"

"不,我向来都不是一个人。"

"您说什么?"

"千真万确。"玛丽亚接着说,"我从来都不觉得孤独,从不!"

空气有些凝滞。汉斯止住笑容,想着怎样才能接近她,怎样击破她骄傲的美丽盔甲。

"您知道为什么叫您来这儿吗?"

"不知道。"

"我们的想法可以这么说:我们必须用值得信赖的人来重建这个国家。我们不能允许重新回到魏玛……"

雨渐渐地小了,只剩下檐槽隐约的水流声。特奥·皮拉机

械地整理着橡胶印章,说道:

"我们不想报复。相反,我们认为新的德国应该是成熟的,采用新的原则,我们希望演员表现出政治热情,明白我们的利益所在,支持正面元素,反对依然充斥着人们思想的反动的东西。您明白吗?"

汉斯接下去说:

"精神状态,控制精神状态……您明白吗?这就是您所希望的,顿姆希茨同志所希望的……对吗?……德国的解放……解放是通过武力得来的……但是今天要用政治来解决……通过您,通过我们……"

特奥过来坐在玛丽亚的身边。

"我们重建真正的德国。不会有人失业,不会有人受到侮辱,不会有挑衅,不会有告发,但是我们得保持警惕。您将是一位战士。您将成为我们中的一员。我们不是要重建一个军国主义德国……在另一个德国,罪恶的纳粹有一半准备着反攻……他们已经在跟美国的将军们吃着热乎乎的八字椒盐饼,显然已经准备好挥舞着刽子手的围裙要求得到正义!在我们的体制里,我们需要一位先锋来影响、教育我们的同志,让他们的心灵变得纯净,给他们工作、面包、尊严……您应该帮助我们!……就像您应该听布莱希特的话。您将是他的知己。这样我们就能知道他到底是谁！……"

"你们怀疑他吗?"玛丽亚愣住了。

"说实话,我们对他绝对没有意见。我们想要知道——而且我们最后一定会知道——他是谁。他是不是一个真正的'同志'？他曾经选择了美国……"

特奥顿了顿,掏出一支可怕的小雪茄。

"您有个孩子在西柏林……"

"洛特暂且住在她外祖母那儿。"

"哪儿?"

"在美国占区,过了夏洛腾堡。"

"对,我有地址。为什么她在西德?"

"洛特有哮喘。美国人有好药……治哮喘的。"

"那倒不错。"汉斯说,"您想什么时候看您的女儿洛特都可以。"

他打开一个柜子,从一个粉笔盒里拿出两个文件。一个是画了淡红色线的灰色硬纸通行证,一个是要签名的收据。

玛丽亚用汉斯的笔签收据时,特奥说:

"您现在和我们是一家人了。"

"您会有住房,而且在德意志剧院会有一个单独的化妆室。"汉斯补充道。

"我们必须知道布莱希特是谁……他想些什么。"

玛丽亚抬起无力的眼睛,局促不安。

"但是……但是……"

"您只需要接近布莱希特,您瞧着,布莱希特晚上会到您的化妆室来,您只要给他打开门就行了……有时候您得听他说话,有时候问他几个问题。您知道,对面的美国人,他们又在准备战争了。我们想知道他是谁。在加利福尼亚待了那么长时间……他离开欧洲那么久了……去搞清楚他是谁。去搞清楚。他才智过人,但是他有可能变了。他的地位如此重要,他的思想高度能否达到我们交给他的任务?这就是我们想知道的。您能帮助我们。"

"为什么是我?"

"在我们的新社会里,每个人都必须有一项使命,以避免纳粹暴行复活。战争在继续,玛丽亚·艾希……"

"在一个伟人身边生活没什么不好。"特奥说着点燃一支小雪茄。

"您是不是跟谁一起生活?"汉斯问道。

"没有。"

"很好……"

玛丽亚歪着头以示困惑。

"如果您需要咖啡、糖、取暖的木头、毯子、肉、银餐具、漂亮的洗脸池,您就说……"

特奥放下他的笔。

"您绝不能成为我们社会里没用的人。'炙热而纯洁的心',"汉斯重复道,"这就是我们所需要的。"

"有志者事竟成。"特奥·皮拉补充道。

她跨出办公室大门之前,特奥·皮拉给了她一个在舒曼大街上的地址,让她去做一个胸透。得肺结核的人那么多,他们又缺少牛奶和肉,极度贫苦。

第二天,军官汉斯在运河旁一棵巨大的椴树下躲雨,跟玛丽亚谈论由东德的出现和西德即将重整军备的悲剧所导致的政治新格局。他从口袋里拿出一份用英语写的官方文件,是在艾菲尔地区的希默尔罗德修道院举行的会议的机密复印件。在那次会议上,以前的纳粹军官们预谋着德意志联邦共和国要对苏区进行"自卫"攻击……

"自卫攻击……您明白吗,玛丽亚?"

汉斯说:

"所有的柏林人都衣衫褴褛!从纳粹德国政府部门的地板上撬来的几块薄木板取代了成吨的煤炭,在稀有的露台火盆里燃烧。凡是涉及煤炭、汽油、生活必需食品的流通和供应,都依赖于俄国人。决定权在莫斯科手里。"

"是不是由莫斯科来决定我们的戏剧?"玛丽亚问道。

"您为什么问这个? 这是我们伟大的新友情难得的机会。"汉斯·特劳简洁地说道。

汉斯坐在长凳上,挨着玛丽亚,像一个细心的老师教导学生世上有善有恶,战场就在她身边。玛丽亚必须相信自己在最优秀的军队里,不能让国家重新落入一群罪犯的手中,她必须坚守她在战斗中的位置。

"用不着害怕。"他补充道,"艺术家对纳粹上台负有重要的责任。他们害怕大街上大声叫嚷的纳粹德国冲锋队,他们投降了,躲在化妆室里化妆。一代傀儡。玛丽亚,您不会是一个傀儡……"

沉默片刻后,汉斯压低了声音,仿佛在即兴忏悔:"我们一直都是资产阶级思想的囚徒。这会改变的……"

汉斯也向她解释了针对东柏林的军事行动。

从简单的艺术斗争到成为国家安全部的新成员,还有一步之遥。她跨了过去。

汉斯·特劳感到他将来的新成员有着"炙热而纯洁的心",他将雨衣搭在她肩上。他笑了。他把她送到海鸥俱乐部。

3

玛丽亚·艾希走进海鸥俱乐部饭厅的时候,好奇地打量着一切。她穿着一件卷毛羔皮领的黑色长大衣,径直向大师的桌子走去。布莱希特,他,就像一个把鸭舌帽挂在苹果树枝条上的发了财的农民。

他闭着眼睛,享受着他的雪茄。他在听他最忠实的布景师卡斯帕·奈尔说话,卡斯帕是他最忠诚的老朋友,他们1911年在奥格斯堡高中认识后,再也没有分开过。布莱希特叫他"卡斯"。他正在给布莱希特看《安提戈涅》一剧在瑞士库尔的布景照片。屏风上覆盖着红色的幕布,道具和面具挂在一个栅格架上,给人一种虚空的感觉,光线平射。布莱希特尤其专注地凝视着浆纸板做的马头。

"照明清晰匀称。"

他抓住两张底片,上面表演的原始区域被阴影包围。

"不行!要更清晰!更匀称!"

"微光最好打在柱子和马头后面。"卡斯帕·奈尔说。

"不行,冷光能帮助演员……"

卡斯帕·奈尔用食指圈了圈柱子后面那个模糊不清的圆。

"那这儿呢?"

"这儿已经太暗了。"布莱希特明确道,"观众不需要去考虑舞台上的角色没有考虑的问题。卡斯,你要把这昏暗的一边去掉,它遮住了背景幕布。这块幕布,要让它被看见。没有黑洞。没有幻想。光线要冷而刺目。在整个这片阴影里,人们可能想到会发生凶案,有阴谋,有人藏在那里,可能在里面割断某个人的喉咙,也可能会想到有动静的森林。不是吗?"

布莱希特转向玛丽亚,要她作证。

"莎士比亚环球剧院的演员们就只有伦敦午后冰冷的光线。"

一扇窗户里的侧光照亮了布莱希特脸的上半部分。他说话带着巴伐利亚口音,沙哑而缓慢。

提到未来戏剧,勾起了他对二十年代柏林那段生活的所有美好回忆。那时候他大红大紫,《三毛钱歌剧》取得了巨大的成功。他接着说：

"看街上。"布莱希特不知道在对谁说话，似乎没有听见奈尔，"就在我们身边，很多人都没有注意到街上……街上……"

他对着玛丽亚。

"对于戏剧的认识，"布莱希特说，"根本不需要诗歌。"

他补充说：

"只需要跟大街保持联系。贫穷的街，富有的街，空荡荡的街，挤满人的街！"

后来，在汽车里，布莱希特做了些笔记。他觉得所有的柏林女人都老了。他的手抖动着，城市在眼前掠过。运河上的空隙，工厂破碎的玻璃，阴暗的墙，垃圾堆。汽车，行人，街道，荒凉的车站，还有死人。

"你的舞台妆应该更淡一点，更加中国化。脸上的表情少一点。我会给你解释的……"

他们到了靠近排练厅的舒曼大街。黑色的斯塔伊车停在了一个旧诊所的门前。

有人——卡斯帕·奈尔——掏出了一个徕卡相机。他们走进一个有拱顶的老院子，走廊因破了玻璃而显得阴暗。一小群人挤在一起，布莱希特站在玛丽亚的旁边，保持不动拍集体照。带着金光的雾气剪碎了树叶，让人觉得这是个温暖的地方。

人群里出现了片刻犹豫。突然的真空。半死不活的星球的旋转速度带来了从前的金色海滩,以及消失了的那几代人的调皮。

"我向你们介绍我的下一位'安提戈涅'!"布莱希特说,"玛丽亚·艾希。"

魏格尔的面孔洁净得像一堵白墙,她走向玛丽亚,说:"像我一样,是维也纳人。"年轻、健康,她想道。一头喂狼的小羊。有厌烦男人赞美之词的那类年轻女人的俏丽模样,淘气的鼻子。她的头发漂亮柔软,我的头发却是灰白的。她年轻,我老了!又是一件很快就能打发的事情……不会长久。

海伦娜干巴巴地说:

"星期一排练!"

接连三天,布莱希特把玛丽亚介绍给所有他遇见的人。

"这就是安提戈涅!她叫玛丽亚·艾希……"

到处是瓦砾。柏林如同一片荒芜的海滩。一天晚上,在贝尔恩德咖啡馆,布莱希特从口袋里掏出一个本子,用自动铅笔在上面画下一圈奇怪的柱子。他拿过一个杯垫,在上面勾勒了几个马头。

"这就是安提戈涅的表演区域。"

他给圆圈的内部画上阴影线。

"您在这儿表演。其他演员则坐在长凳上。这里。"

之后,他从洗手间回来,重新坐下,又草草画了一张图,毛茸茸的,比较淫秽。出现在厕所门上的那类画。

他哈哈大笑。

第二天,他们沿着慈善大街往上走。布莱希特步履沉重,人行道属于他。他是一个重新回到他的农场的农民。他突然坐在一张长椅上。他的手握住玛丽亚的手。太阳把布莱希特的影子投到一长排建筑物肮脏的砖头上。布莱希特的侧影臃肿。他摘下眼镜用手帕去擦。玛丽亚拿过眼镜和手帕。她擦了擦,发现了他的疲劳,他的眼睛有点红,眼圈或许表明他有心脏病,或许仅仅意味着衰老将至。布莱希特说:

"所有的安提戈涅,到现在为止,都属于过去,说的也是过去。您将是第一个谈论我们的人……不必表现古希腊文化美学和小资产阶级。如何埋葬我们的德国孩子?如何?"

玛丽亚根本听不懂他在说什么。

4

当玛丽亚逐渐熟悉德意志剧院的排练大厅，布置她的公寓，在海鸥俱乐部与布莱希特身边的演员吃每一顿饭的时候，汉斯·特劳，他，却夜夜扎在莫斯科中心转来的资料堆里。他有时候会爬到房子的顶楼，穿过一条越来越窄的、在屋顶下延伸到一个小房间的走廊，小房间用挂锁锁着，只有汉斯才有钥匙。小房间的墙纸上有水晕，墙粉剥落，有一台旧收音机，还有一堆堆用俄语写的文件，被汉斯挪动、打开、浏览或放进一个金属柜子里。

接连几夜，汉斯·特劳坐在一只小凳子上，查看、分拣、翻阅、注解、装订莫斯科送来的这些笔记。有关布莱希特习惯的资料多得惊人：他经常交往的人，他对原子学专家与国家之间的斗争所表现出的特殊兴趣,他与电影艺术家弗里兹·朗从同一家瑞士银行取钱的方式,他剪杂志上关于苏联土地改革的内容的方式,他记录与希特勒德国合作过的欧洲资产阶级的腐败行为的高度警觉性,他对核研究的奇怪激情,他从科学杂志上剪下与量子物理学有关内容的方式,他对苏联和美国进行军事垄断表现出的令人担忧的敌意,以及——这让汉斯·特劳感到好笑——他对美国女演员的一些淫秽的感想,他对他的瑞典情人,后来酗酒的露特·贝劳的性壮举的统计。

所有一切都集中在一只铁柜子里,只有汉斯知道密码。这样度过了几个月的不眠之夜后,汉斯·特劳完全掌握了布莱希特全部的流亡生活。他先是到了丹麦,住在斯文堡的一座有茅草屋顶的漂亮房子里。布莱希特那时还是很兴奋,很乐观,爱吹嘘,在笔记本上记下大量对"莫斯科团伙"的愚蠢的评价,因为他不喜欢苏联那些著名剧院推出的作家,称他们的作品编排是"可悲的蹩脚货"。后来他搬到了瑞典,然后又在芬兰的桦树林里安了家,担心得不到美国的签证,整夜无眠地听着广播和不断鼓吹希特勒的喇叭,同时在墙上的地图上移动标注前线位置的小旗帜。

唯一让布莱希特害怕的,是穿越苏联去符拉迪沃斯托克。他显然时刻都在担心被抓住:汉斯·特劳感到惊愕。莫斯科中

心描述的是一个信仰早期马克思主义的戏剧家。这大堆文件
描写的却不是政治家,而是一个唯美主义者,一个对强盗剧、侦
探小说、路德对魔鬼的评论,以及古老中国得到滋养的方式着
迷的艺术家。有时候,汉斯·特劳取出一份笔记,塞进一只皮公
文包里,早上带到他位于三楼的办公室去。他把公文包交给特
奥·皮拉,皮拉在一台从旧空军部找来的有着长长的滑动架的
打字机上,用两根指头敲打这些笔记的内容,然后把写的报告
交给贝克尔,贝克尔再交给库巴斯,库巴斯在手边保留三天后,
把这些文件送到德意志民主共和国的最高文化官员,至高无上
的顿姆希茨的办公室。

特奥·皮拉,他,咒骂"那一窝戏子,演艺界所有那些漂亮
的家伙,以他们对革命艺术的理解",表演《浮士德》,或者《在陶
里斯的伊菲革涅亚》,用他的话来说,肯定"让工人阶级感到厌
烦"。汉斯·特劳早上在位于体育场附近和食堂前面的大楼里
洗澡时想道,这一切极其不协调。奇怪的是,他从来没有把莫斯
科那些装着在芬兰收留过布莱希特的人写的报告的厚文件夹,
以及美国联邦调查局配有模糊照片的不可靠的笔记,交给
特奥·皮拉。

汉斯·特劳也收集、整理一位英国空姐提供的资料,还有
一些跟布莱希特没有直接关系,但是被联邦调查局集中到波士

顿的文件。很多内容写的是那些被怀疑秘密参加共产党的流亡者,尤其是曾经是捷克共产党员的弗朗蒂赛克·魏斯科普夫。

连续两周,汉斯松开领带,仔细阅读某位杰尼·R 写的笔记,他的生活就是光顾好莱坞电影艺术家,尤其是查理·卓别林和弗里兹·朗的鸡尾酒会和晚会。他冒称实习助手,其实骗不了谁,他把自己关在洗手间里,在本子上记下那些在魏玛共和国时代就互相认识的流亡者所说的话。有共产党作家安娜·西格斯,在《三毛钱歌剧》的年代与布莱希特难以相处的导演埃尔温·皮斯卡托,以及翻译过《茶花女》并于 1926 年与海伦娜·魏格尔在黑贝尔的一个剧本里合作过的费迪南德·布鲁克纳。

汉斯·特劳在翻这些笔记的时候,想象着弗里兹·朗、布莱希特、海伦娜·魏格尔从日落大道往下走,觉得很好笑。晚上,他们在屋顶平台上闲聊,看着黄昏降临。漂亮的汽车形成绵延的光带……汉斯·特劳拿过一支烟,深深地吸了一口,接着又扎进资料堆里。他看到卓别林和布莱希特沿着太平洋走,帆船白色的翅膀向地平线滑去。然后卓别林和布莱希特与格劳乔·马克斯见面,一起听罗斯福再次当选的结果,而太阳落进大海。

这里,夜幕降临了,柏林在摇曳的灯光下渐渐变蓝。汉斯拿起"流亡者"文件中的最后一封用打字机打出来的信,一边深吸几口他的烟,一边小心翼翼地将信打开。他把布莱希特的女儿芭芭拉向美国银行家们借贷的巨额数目抄在记事本上。他把烟灰缸里的烟灰倒进炭火炉里,思考着联邦调查局的密探认为在艺术家之间流传的反犹太人的笑话,结束了他的夜晚。他熄灭了办公室的三盏灯,然后是走廊里的灯,向楼梯下的值勤士兵打了个招呼。

外面,下着雨。雪在融化。

5

肥胖的特奥·皮拉在那台有着长长的滑动架的打字机上打完报告后,把纸从滚轴里拿了出来。他再读了一遍:"玛丽亚·艾希后悔爱上一个只有能力砍取暖木头的纳粹后,埋头工作,从刻苦劳动中寻求慰藉,正在成为德意志剧院唯一的伟大的女演员。"

他觉得自己写了一份精彩的综述,接着吞了一小块涂了芥末的酥皮卷肉。他还喝了两杯啤酒,惬意地吐着气。他看着黄昏,面色红润,眼睛湿润。透过窗户,他可以看见在美国占区行驶的大卡车的车灯。为了放松一下,特奥翻了翻《新德意志报》,无意中看到一张布莱希特在德意志剧院前与几个演员的照片。他想:一个《格林童话》里的那种农民,他用瞎了一只眼的鹅来跟您换一头牛,还要让您相信您做了一笔好买卖。

特奥打开他黑色的公文包,把最新几期歌颂作为民族先锋的共青团员的《新德意志报》放了进去。

他走了出去。骤风里夹着雨,杨树被吹得东倒西歪。他在飞旋的落叶里成了幽灵。夜晚,废墟显得更长,让大地失去了意义。

那是在海鸥俱乐部的一次午餐后,布莱希特带玛丽亚去参观魏森湖的别墅。湖边森林里的这一偏僻住所,是按照新古典主义风格建造的,有希腊式的三角楣,还有柱子,一个被挑棚遮盖着的台阶,每年冬天,挑棚上总会留下正在腐烂的树叶。

黑色的斯塔伊车行驶在一条泥泞的路上。

他们在一串钥匙里找了很久才找对钥匙,之后便走进了屋子。

一股浓烈的霉味让他们吃了一惊。他们推开里面积满了蜘蛛网的百叶窗,走过满是死苍蝇的地板,爬上通往二楼的大理石楼梯,穿过很多间黑暗的房间。他们压低了声音讲话,穿着大衣穿过几个宽敞的房间,停留在了楼下的客厅里,坐了一会儿,透过旧纱窗帘看着窗外的树枝。就在此时,玛丽亚吻了他。他躲开了:

"别吻我!"

他们面对面地看着彼此。没有共同的过去。我们眼前发生的事情绝不是我们心里所期望的。我要睡觉,走路,生活,跟这个男人睡觉。她想着。对玛丽亚·艾希而言,德国是一个新的国家,是两边种满桦树林的连绵的绿色丘陵,是被毁的高速公路,是云;而对布莱希特来说,这是一个需要用钱重新建设的国家,是一个实验场,年轻人用来进行意识形态革命的实验室。两个人对这个国家没有任何相同的看法。

众多空房间里的一切都沉浸在灰尘和午后的阴沉形成的灰色调里,布莱希特则倚靠在一个大理石的壁炉上。这个新古典主义风格的住所有着深色调的华丽,旧墙饰上破损的深金色,向他证明了顿姆希茨和其他人决定大张旗鼓,把他当作国家官方艺术家来对待。

然后他看着玛丽亚·艾希品尝切开的橙子。她有着某种撩人的东西。橙子一片片消失在她嘴里。他想:一个孤独的印第安小女人。只要脱掉她的衣服,她肯定立刻蜷缩在沙发上。他觉得自己是一个奢华的江湖术士,想想无数二十五、三十岁左右的女演员,搞不清谁是谁,一个一个睡过去,真是惬意。

他点燃一支雪茄。他的慷慨在于用戏剧美化玛丽亚·艾希,让她显得比其他大部分女演员更吸引人。他在床上向来不诚实(他想道:"床"),但是他在剧院明亮的舞台上总是很慷慨,他会把这个维也纳小摆设变成一个出色的安提戈涅。她就是魅力本身,两个人在一张桌子上吃饭,在一张床上睡觉,而从不会在同一时刻想同样的事情。暂时的愉悦。微笑、轻盈、金发、雪白的脸,魅力本身……

他向前厅走了几步。她脱掉了大衣,随意地披在肩上。她也走了走,在走廊尽头发现了一个旧的杂物间,里面有一些旧碟子,陶瓷上画着有立体感的芦笋。厨房桌子的抽屉里还有些叉子和小勺子,奇怪的是,还有些鸡毛,好像是以前某个孩子特意收藏的。

布莱希特默默地站在一扇窗户前,凝视着白蜡树。世界变了。德国只剩下千疮百孔的城市和美好的意愿。

玛丽亚拿了一只蓝色的碟子回来。

"瞧瞧它多漂亮……"

布莱希特含糊地回答道:

"很漂亮。"

"以前谁住在这儿?"

"什么以前?"

"我们以前。"

"我们以前?"他重复道。

他点燃他的雪茄。

"肯定是坏蛋纳粹。"

他的话让玛丽亚吃了一惊。贝托尔特·布莱希特已经在猛敲玻璃窗,以引起在院子里走动的那个人的注意。

突然间,下午失去了光泽。玛丽亚唯一的感觉,是崩溃。她成了废物,不合时宜,像一条挂在衣架上的裙子。她能听见,能看见,能走路,但一切都变得混乱,如果让她谈谈她的感受,她会把自己形容成一个在混沌的世界里流浪的人。

布莱希特注意到她脸色苍白。看到她站在窗前如此脆弱,如此无助,他心中涌出一股柔意。当她把左脚的鞋踏进一缕光线里,似乎想看看鞋子是否结实的时候,布莱希特走到了她身边。

"怎么了,出什么事了?"

他把双唇印在她的衬衣领子上。

"您又不是在法庭上受审,玛丽亚!……"

后来,他们找到了一个结满水垢的烧水壶,喝了点茶。

布莱希特的鸭舌帽一直牢牢地扣在头上。玛丽亚因为那些让她变得一无所有的事情而焦躁。而他以为他遇见了一个复杂的女演员。他们觉得冷。他们来到离腓特烈大街车站不远的一个偏僻的咖啡馆里,这种沉闷的地方只有一张大圆桌,铺着一块洁白的桌布。这种白色藏着秘密的信息。

这地方很清静,轰轰作响的炉子叫人舒畅。布莱希特从大衣里拿出一支笔,一个本子,画了一个圆圈:他又与他的安提戈涅在一起了。玛丽亚看着他的手画着表演区域。在一座被毁的城市里,有一只手脱离一切,在画画。布莱希特的笔慢慢地动着,画了一些平行的直线,是几根柱子。笔停留在空中。布莱希特说:

"卡斯帕·奈尔会画马头,我,我不会。"

接着,他喝了他的咖啡,没等玛丽亚喝完她的,又说:

"我们约了在德意志剧院见面……"

外面冷得可怕。但是玛丽亚离开那漂浮着雪茄烟臭味的小屋,感到如释重负。

苏联卡车一辆接一辆地开过去,然后又遇到了几个十字路口,一条运河,一些树荫,几辆马车,一个巨大的瓦砾堆。夜晚慢慢地逼近,一个雷声,只有一个,在城市上空滚过。布莱希特减速,把车停在一个几乎完好无损的院子的门廊前。一只火盆前放着几件大衣。一个女人摇着一张硬板纸驱散呛人的烟,把炭火扇得发红。

"看看这些可怜的人。"布莱希特说,"看看他们,看看他们! ……躲在他们的国家里,躲在他们肮脏的生活里,他们自己都觉得自己陌生……他们是德国人，他们说着我的语言……说这样一种美丽的语言，可不简单，他们不知道它有多美丽……在我的戏剧里，他们至少能重新找回他们的语言……"

他重新发动汽车。

离格利尼格桥不远处，有几个苏联士兵在进行毫无意义的例行检查。一个苏联士官把布莱希特说的话从德语翻成俄语，再把他自己说的话从俄语翻成德语。玛丽亚忍不住想着德语翻译成俄语后贬值了，变成了粗暴的语言。一个检查车上物品的苏联士兵那审讯的目光，一个士官核对斯塔伊车的证件和牌照号码时的仔细谨慎，不但没有激怒布莱希特，反令他心情不错，仿佛他觉得受到了这些警察士兵的保护。但对玛丽亚·艾希来说，这样的检查让她回忆起其他的检查，尤其是她父亲，在魏斯小剧院里，走进他女儿的化妆室，扯下她的小金链子和晃动的十字架。

夜里十二点半左右，他回到巴特弗斯劳的大别墅，搜查玛丽亚的房间。他把床垫翻了过来，把五斗橱的抽屉扔到地毯上，疯狂地寻找《圣经》、精装版的《海涅诗集》。他吼叫着受够了有这样一个"天……天……天主教的女儿"，像"她那笃信宗教的呆鹅母亲"一样。接着他用双手拼命地挤玛丽亚的脸。他强迫她照镜子，问她是不是更像一个圣女，或是更像一个妓女。然后,他用戏剧化的大动作,把一本弥撒经书和一串小念珠扔到厕所的马桶里,说他永远都不能接受他活泼的女儿跪在那里,嘀咕着那些把人类当作一群咩咩叫的、等着被带到屠宰场的傻子的说教词。

是的,苏联人慢悠悠地检查他们的证件的时候,玛丽亚想到了父亲的那次歇斯底里,想着挂在厨房抽油烟机旁、旧暖气片上的日历,上面的天主教节日都用红色的粗铅笔狂怒地画去了。

她想到了这个要把所有能让他想起女性世界、《圣经》教义、提倡美德与善行的东西都除掉的父亲。汽车重新发动时,布莱希特问玛丽亚想不想下象棋。她根本不想。她依然在回忆父亲的野蛮,回忆她在浴室里哭了两个小时,仿佛世上的温柔与坚定都随着被他扔到马桶里的东西离去了。

6

有时,排练完《安提戈涅》后,布莱希特走路去勃兰登堡博物馆,活动活动双腿。他穿过公园,观察公园里的变化,耀眼的新树叶,林荫路,断裂的树枝。他觉得一个社会的转变应该像大自然的季节更替一样愉悦。

他想起他喜欢的那条路,在丹麦南部的斯文堡,斑驳的水泥路通向被风吹平的海滩,沙丘的美丽令人困惑。那是1933年到1939年间,他流亡的最初几年。

他躲在避风处,嚼着一根草。一片云飘来,染紫了一片大海;远处传来大客车的隆隆声,然后其余来自波罗的海的云缓缓地飘过;幼蝶嬉戏着,在荆豆丛中翩翩起舞;几只海鸥在被风吹散开来的一堆羽毛旁边叽叽喳喳。天空更辽阔、清澈,预示着要变天了……

他回想起在丹麦流亡的最初几个月。两件喜事让他们难以忘怀：他们买了一幢带茅屋顶的漂亮房子，正对着斯伐保斯海滨村的海滩，尤其是，在那一年，他认识了光彩照人的露特·贝劳，哥本哈根一个创建了共产党工人剧院的富有企业家的妻子。那时候，他们在松树林里晚餐，孩子们的叫喊声，举杯，草地的橡木长桌子边坐满了人，"兄弟民族"，从莫斯科回来的艺术家朋友，对酒当歌。在斯伐保斯海滨村的沙滩上，他伴着吉他唱歌，在一棵李树下喝了一杯烧酒，掀起这个褐发佳人的裙子，鲁莽地扯着她胸罩的松紧带。

海伦娜·魏格尔煮着李子泥，全神贯注地做着蛋糕，忘了露特的存在。布莱希特温柔地把她推到树干上。他们在树脂的气味里做爱。然后，他们聊天。聊什么呢？希特勒和他的团伙。在柏林，人们谈论着和平，但只要看看克房伯铸造厂烟囱里的烟，看看成千上万吨的水泥被倾倒在田里来修高速公路，看看那些用来装配俯冲轰炸机机翼的车间，就知道战争将是漫长的。与之相当的，是布莱希特的文学勇气，他每天早上都在呼呼作响的火炉边奋笔疾书。他写着宣传诗，拨弄着吉他创作德国歌曲。

面对这场战争，布莱希特旺盛的思想，滑稽的表达，旺盛的性能力,在两次游泳之间把床垫弄得吱嘎作响的方式,他的黑色皮上衣,他的灰色衬衣,沿着大海在一望无垠的草丛里开车兜风,这一切都让他成为一个英雄。

希特勒大声宣讲,唾沫四溅,让他的人民加入军队,步调越来越快。布莱希特把打字机打得噼啪响。诗歌冲锋枪。终于,一场大战来临了。用伟大的、闻所未闻的、新颖的方式让德语尖叫起来,阻止穿着靴子行进的队伍,阻止纳粹在宁静的体育场里拉的横幅和叫喊的口令。

一大早,布莱希特正在打肥皂。他光着上身跟露特·贝劳说话,仿佛在召集工人阶级反抗"这群罪犯"。

下午,他在台阶上,汽车里,李树旁,院子里的桌子前拍了些照片。露特·贝劳穿着高跟鞋在主人的书房里走,而海伦娜·魏格尔却在外面收拾盘子。布莱希特说着话,措辞激昂,一顶二流子的鸭舌帽遮着脸的一角,流里流气的样子。布莱希特在院子角落的木炭上撒尿。他只是拉开了裤裆,就把纳粹主义像这堆炭火一样浇灭了。他就喜欢在他的女人面前做这种形式的宣告。她们,既觉得有趣,又感到惊愕、不安,心想纳粹主义是不是他等着用来展现智慧的时机、机遇。

通常,到了晚上,他就会激动。他爆笑不已,用难听的话攻击客人和家人。他用犀利的目光看着他的听众,用平白的语调朗读工人的召唤与演说,即一篇没完没了的关于宣传的必要性的文章。他大声叫喊着,以粉碎纳粹的神圣教义。之后他溜到屋后,从一个篱笆洞里钻出去与露特·贝劳会面。她在车里等着他,衬衣的扣子已经解开了。

被他称为"粉刷匠"的希特勒和他那群狂妄之徒,难道不会被世俗的、有感染力的快乐,被他诗歌的障眼法,被诗歌的光彩一扫而空吗?他把用打字机打出来的演讲稿扔到茅屋顶上,它们在风中飞散开去,被波罗的海宁静的长云一直送到苏联。

风将把褐色的臭气从他的灵感中驱散出去。简单,坚决,显而易见。

他回到魏森湖冷冰冰的大宅时,听见了玛丽亚的声音。她在整理衣物,然后安静下来。他微微打开门。玛丽亚在睡觉,或是假装在睡觉。

布莱希特到厨房里泡了一杯茶。他回到房间里,房间里更冷。他躺在被子上。绣着流苏的窗帘,大理石的壁炉,他的剧本校样,他为《安提戈涅》和克莱斯特的《破瓮记》写的笔记,本子,削好的铅笔。玛丽亚偷偷地为汉斯·特劳把这些笔记都仔细地拍摄下来。

一盏小灯的亮光照射在漆了白漆的木头床架上。沉重深厚的钟声让他想起斯伐保斯海滨村是一个半岛，一成不变地沉浸在它严肃的神学里……

有时候，玛丽亚来敲双扇门，或确切地说是来刮门。照相机，玛丽亚用来窥视布莱希特的一只吉柯相机，藏在一只箱子里的毛衣下。

7

自从 1949 年 1 月《胆大妈妈》取得不可思议的成功后，汉斯·特劳派特奥·皮拉负责专门监视海鸥俱乐部，这个苏德俱乐部同时也是海伦娜·魏格尔的办公室所在地。特奥·皮拉(自以为)不露声色地盘问服务员、厨师、粉刷匠，甚至为海伦娜·魏格尔办公室的新锁上过油的锁匠。他问着愚蠢的问题，把散落的方糖装进自己的口袋，要求管道工掏洗脸池，因为他以为自己看见玛丽亚把匆忙写在卫生纸上的笔记扔了进去。

所有的人都注意到了他的愚蠢，对这个腰圆背厚、灵活敏捷的，遇到微不足道的清洁女工就威胁着要在"人民法庭上揭发她的纳粹过去"的褐发小个子起了戒心。

汉斯捉弄这个黑森林的瓶塞商人的儿子，战争的一半时间他都待在大西洋的一艘巡逻潜艇的厨房里。特奥没有狂热的政治信仰，但是，青春时期当过厨师学徒的他，却表现出非凡的揭发意识。这成了他的一个怪癖：他怀疑所有的人，把一些根本没有关联的细节凑到一起，用"阶级正义"的幌子，对每一个人都怀有天生的、可笑的、出乎意料的戒心。但奇怪的是，他写的报告从技术上来讲精确得令人赞叹，还无意间提供一些证据，让汉斯·特劳成功地了结大量案件。

特奥·皮拉厌恶剧院的演员，尤其是那些受欢迎的、嘲弄一切、谈到性显得很粗俗，而且显然没有像其他百姓一样挨饿的演员。

他，特奥·皮拉，在监视的间隙，等海鸥俱乐部的厨师们转过身去，就把叉子戳进肉酱里，戳进锅底留下来的几片卷心菜叶里。因此，他肥胖的身躯到处晃悠，或是为了把手指浸到汤汁里，或是为了躲在一堵隔墙后假装看报纸，去偷听邻桌的谈话。他记下露特·贝劳关于布莱希特计划上演伦茨的《家庭教师》，并给玛丽亚一个好角色的所有言辞。她话中同时也影射乌拉第米尔·塞姆约诺夫，这位西区的苏联总指挥，为魏格尔在《胆大妈妈》中的表演所倾倒，以至于决定增加她的工资和每次演出的报酬。此外，特奥·皮拉还知道塞姆约诺夫用他肥胖的手为提高柏林剧团运作经费签了字。

从路易森大街出来,皮拉去了舒曼大街的办公楼。然后,他从那里去旧皇家剧院的大厅找汉斯·特劳。他神秘地向汉斯吐露:"戴菊莺布莱希特将会成为政体的帝国鹰。"汉斯·特劳一边翻阅《新德意志报》,一边问皮拉为什么要用鸟的故事。他毫不在乎布莱希特是灰雀、燕雀还是金翅鸟。

汉斯·特劳再次意识到特奥·皮拉周围的空气里弥漫着一股厨房的味道,微微发甜。情报部门最大的灾难就是挑选一些笨蛋,以为他们更大众化,因为他们的思维和行为跟最愚蠢的人一样。一个系统就是这样崩溃的,汉斯想道。一个优秀的普鲁士人不愿意与黑森林瓶塞商人的儿子一起工作。然而,他继续微笑着,流露出些许感激,免得他的助手泄气,或者——更糟的是——窒息了他天生的揭发激情。

那天晚上,旧皇家剧院的大厅里有许多孩子,大楼梯附近有几个工人,更多的则是办公职员。他们大同小异:灰暗的衣服,裁剪蹩脚的大衣。这些把时间都花在给予或征求许可上的人,构成了干扰艺术工作的整个官僚作风。他们长着教师的脑袋。他们谈论着过度的唯利是图和工人们对纯粹粗俗下流之事的兴趣。这些人长着方下巴,剃着军人头,是在皇家金光面前睁大眼睛的小市民:他们来获取新生。他们慢慢地登上楼梯,在地毯上留下湿鞋印,衣服皱巴巴的,谈论着食品分配制度的缺陷。

汉斯·特劳回来的时候手里捏着票。他们的座位在第八排的边上。汉斯认出了肥胖的赫拉·沃里约基,她在芬兰的田庄里接待过布莱希特。她面孔滚圆,头顶盘着一条粗大的金色辫子,脖子上围着毛皮;她不时地从包厢里探出身子来,看看坐在那边第一排、穿着红衬衣的人是谁。那是演员莱昂纳德·斯泰克尔,他很快就要扮演潘蒂拉这个角色。这部戏正是布莱希特在赫拉家跟她一起写的……

汉斯·特劳让特奥·皮拉过去坐进扶手椅。他,汉斯,则坐到了嘎吱作响的活动椅上。灯光灭了,话声也止了。舞台上的灯光照出月球上的凄凉景象。荒野,胆大妈妈的推车,几只水桶和一些相互碰撞的厨房用具。

"不能这样走上舞台。"特奥低声说,"太笨了!……"

"闭嘴……"

两个半小时后,他们离开了德意志剧院,而许多人一群一群地在人行道上闲聊。

"她在舞台上很优雅,"特奥·皮拉说,"像十七岁的小姑娘,像一位少女。"

他说的是玛丽亚·艾希。

汉斯·特劳点燃一支小雪茄。他在思考女演员、妓女、银行家的女儿和小学女教师之间的差别。玛丽亚化过妆的脸让他心绪不宁。他想着演员是否会因为他们得到的报酬，因为礼物、奖章、恭维和仰慕者而最终堕落。这些演员到处受到邀请，就像圣诞节的孩子。他记得在慕尼黑排练《胆大妈妈》时，有一个演员朝嘴里开了一枪，自杀了。特奥·皮拉说：

"这个柏林剧团，就是个疯人院……"

汉斯心里暗藏着讽刺的想法，于是不说话，看着他的小雪茄冒出来的烟。

"谢幕，"特奥·皮拉接着说，"他们最后再回到舞台前来时……"

"是的。"

"他们鞠躬致敬，弯成了两截，还化着妆，容貌走样……疯人院……就像木偶……病人……"

"啊……真的吗？"汉斯问道。他喜欢任凭皮拉毫无结果地肆意胡思乱想。

"你不觉得吗？"

"不觉得。"

"他们鞠躬，他们手拉着手……舞台前面雪一般明亮的脚灯照着他们。一个疯人院，鬼屋。他们手拉着手，前进，后退，又前进，相互微笑，对我们微笑……疯人院……疯子……"

"那么我们就是病人。"汉斯微笑着说。

晚些时候,一条宽阔的云河轻柔地向德意志帝国国会飘去。

"她演得非常好,玛丽亚,跟那个征兵士官。"特奥说。

"非常好。"汉斯说。

"快乐,自然……"

"非常……"

特奥开始嗅鼻子。

"你闻,树木的味道……春天的树木……"

"是的。"

"林下灌木丛的味道……我的整个童年……"

特奥接着说:

"他们弯成两截来鞠躬的时候,那神情就像是死了的木偶……我没有说错吧?"

"没有,你没有说错。"汉斯说。

"涂着脂粉、被灯光照着的木偶,扮演着农民、军士、妓女……这就是整个德国戏剧。"特奥说。

汉斯把手搭在激动的特奥的肩上。

"闭嘴。"

他们听着。后面长着白桦树的旧游乐木棚后有细微而有节奏的吱呀声。汉斯绕着木棚转了一圈。一架简陋的铁秋千在风中呻吟，生了锈的环在一根轴上嘎吱作响。

特奥接着说：

"我还是毛孩子的时候（汉斯讨厌他说'毛孩子'），我还是毛孩子的时候，我父亲带我去看席勒的《华伦斯坦》，在我高中的副楼里。《华伦斯坦》讲的已经是食堂厨娘，是军官、兵营、皇帝、士兵、鼓和笛子、食物、被绞死的人的故事，难吃的事物和被绞死的人，德国戏剧，难道就是这些？桌子、士兵、妓女、食堂厨娘。席勒就已经这样了……戏剧就只是这些？孤儿、被绞死的人，一只锡壶，摸妓女屁股的负责征兵的人？这就是几百年的德国戏剧？……真是狗屁……"

"不，"汉斯说，"不是那样的……"

汉斯走着，已经好一会儿不怎么注意特奥的喋喋不休了。这滔滔不绝的废话让他想起他在父母维腾堡的房子前削土豆皮的苦差事。厨娘莉丝贝特想到什么就对小汉斯唠叨。削土豆皮让她异想天开。她预见到世界的未来，梦想着将来能够削土豆、胡萝卜、萝卜的庞大机器，把人民从蔬菜的苦役中解放出来。话题进一步扩展：自动褪鸡毛，流水线除家禽内脏，特劳家的仆人世世代代都不会挨饿，阿门！

其实，皮拉像那个厨娘一样，被自学成才的想象力牵着走。

他滔滔不绝,通常没什么意义,他无休无止、拐弯抹角的假设就像是堆积在报纸上的土豆皮。而汉斯的父亲,日日夜夜在正对着土豆田的大办公室里,埋头于司法文件堆中。他在大学里不再吭声,仿佛图书馆哥特风格的砖头让他成为哑巴,变得哀伤,深不见底的哀伤。汉斯的父亲隐身于秘密的冥思中,拒绝平庸的人际交流。他只在家庭的饭桌上掉出几句贫乏的、谨慎的话。他让汉斯,家里最小的孩子,背诵三十年战争①的一连串日期。

汉斯记得父亲的缄默,有些是庄严的,有些是乏味的,仿佛是在指责家人的存在。少有的笑声来自厨房。桌子、椅子、炉子,照在光秃秃的田野里的苍白阳光也比这个父亲会说话。他喝着他冰冷的汤,对于文学,只能容忍《尼伯龙根之歌》里阴暗的森林。他使整个田庄都笼罩在法庭宣判时的气氛里。

汉斯总是问自己,他的父亲怎么会脱下裤子,给了他妻子三个孩子。这个把一切谈话都往后推的父亲透过窗户,凝望着梅克伦堡的土豆田。他是否已经看到纳粹德国的巡逻队爬上了橡木的大梯子,用靴子踩着走廊里的地板,不敲门就进了他的书房,在一堆画里,取下了挂在两个五斗橱之间的那幅大大

---

① 指 1618—1648 以德意志为主要战场的欧洲战争,起因于天主教和基督教之间的矛盾以及欧洲各国之间的冲突和领土争夺。这场战争使天主教和基督教在政治上获得同等地位。——本书注释如无特殊说明,均为译注。

的《最后的审判》？他凝望着杨树林的时候，是否在地平线上看到了第三帝国的厄运？他是否在低沉的天空里看到了几十架轰炸机隆隆地冲上云霄，钢制的机身闪闪发光？他是否看到他儿子汉斯的铅制玩具士兵全都倒在了斯大林格勒的雪地里？他能否猜到特工部门是一个乏味的地狱？沿着走廊放置的几百个架子，对人类举止的持久管理，对意识形态叛变的疯狂研究，在那些涉及政治团体的垃圾报告里魔鬼似的游荡……汉斯·特劳忙的就是这些，而特奥·皮拉却在漫无边际地信口开河。

他谈论着那些"演技一般的爱慕虚荣的演员"。

"你想想看，"特奥说，"你想想看？自席勒到布莱希特，都没有过变化？大家还是在同样的军营里……同样的三十年战争？同样的征兵士官，同样的妓女……"

"啊，是的。"汉斯微笑着，坐在了一张长椅上。

汉斯掏出戏票，把它们撕成碎片，扔在雪地里。

"几只铝壶，在厨娘的屁股上打上几巴掌……戏剧，是杂乱的艺术在看着有秩序的艺术……你不觉得吗，汉斯？"

"不，我不觉得。"

特奥·皮拉拿掉短围脖，解开领子，拍了拍大衣上的雪，接着说：

"穿衣、脱衣、撒谎、化妆、卸妆、撒谎。脱衣、卸妆、聊天、背诵、朗诵、再卸妆,总是重复着同一句愚蠢的话……不可理喻。来谢幕的时候像阴森可怖的木偶,再加上地面的灯光,有意要吓坏坐在第一排的人……你怎么看啊? 这也叫生活? 那些演员,他们吓死人……"

"他们也让别人笑。"汉斯说。

"是吗? 让人怕? 让人笑? 谢幕,让人笑,让人怕,你觉得这叫生活……一切都是假的,他们一定是分不清让人笑、撒谎、他们的散文、诗歌、他们的想法、他们的言语。他们的私生活,又在哪里呢? 他们一定是混淆了一切,不是吗? ……"

"布莱希特什么都没有搞混,相信我……"

"但是玛丽亚呢? 我们的玛丽亚呢? ……"

"我不知道。"汉斯说道,把雪茄烟头放在长椅的木条上。

"他们一定拎不清;他们要让自己害怕、让自己笑,却不知道为什么,也不知道怎么去做……你不同意吗,汉斯?"

"不同意。"汉斯边说边吹着他的雪茄上的火头,"也许……是……"

"他们是在招摇撞骗。"特奥补充道。

他站起身,抖抖大衣。

"我,我把他们关进棚子里。不需要这些人……这就是我们存在的原因……"

"不,"汉斯说,"我们的存在不是为了这个。"

后来,等皮拉停止抱怨,汉斯也不再支吾搪塞后,两个男人站起来。过了几分钟,他们向施普雷河走去,这个位置的河流更宽阔。

8

　　布莱希特不把玛丽亚·艾希的名字写在《安提戈涅》排练的黑板上的时候,她就去美国占领区。因为有汉斯·特劳让人给她开的画了红线的通行证,她可以去见她的女儿洛特。拥挤的有轨电车,施普雷河上排成一条的驳船,装满了土豆的推车,工厂烟囱里的缕缕黑烟,正在兜售《圣经》的聋哑人,推销亡故丈夫漆皮靴子的寡妇,卖报人推销糖果的叫声:这样一个花花绿绿的、银光闪闪的柏林从她眼前掠过。

　　玛丽亚换了好几趟有轨电车,穿过了施特格利茨区,然后是利希特费尔德,去往万湖。旧军营绵延的砖墙下道道的影子,荒废的桦木林成了野兔子的藏身之地,临近万湖,路边是肃静的欧洲赤松和瑞士五叶松。

玛丽亚下了有轨电车,疾步行走,横穿过沙地,沿着几座荆棘丛生的废弃的别墅走。她绕过一个灌满了咸水的旧游泳池,听见青蛙跳水的声音,有阳光的日子里,台阶上有几只蜥蜴,靠石头取暖。

玛丽亚的母亲,照料洛特的蕾娜·佐恩,住在一幢巨大的发黄的别墅里,廊柱下面是沙子,几个墙角里有鸟巢。这幢百叶窗剥落的房子四周唯一显得有生气的东西是草坪里的草,还有结了籽的植物,几棵丁香树。

在别墅的内部,客厅像火车车厢,装饰着厚厚的帷幔,几张从联邦铁路拿来的软垫长椅,瓶底般的彩绘玻璃窗,锡质的餐具堆在俾斯麦风格的碗橱里。蕾娜穿着一条过大的灰色裙子。她肩上有一条黑魆魆的带流苏的披巾,身边是几只装威士忌的酒杯。她手里拿着钱包走来走去。她咒骂着青霉素的价格。她只有叫在外面玩的洛特的时候才从她的软垫长椅上站起来。

母女俩很少说话。她们避免提起过去。"当然啊!当然啊!"蕾娜反复对女儿说,"你完全是对的,跟最厉害的人站在一起吧!我知道你一开始就反法西斯!我知道!最早反法西斯!你的父亲和丈夫都没有发现!我也没有!……"她叹着气,把她的双手(左手一直拿着钱包)放在大腿上,似乎刚才那番话让她筋疲力尽,接着她紧贴着软垫长椅的皮靠背,一动不动,就像她在广播里听到纳粹德国无条件投降时那样,记忆的磨坊停留在了 1945 年 5 月 8 日清晨 8 点。

从那以后,她抚养洛特。她照料洛特的哮喘,重新数着她皱巴巴的钞票。有时候,她把放在钱包里的几张维也纳的旧照片,当作过去的文献费力地拉出来。

接着上了凄凉的茶,几块硬得像石头的八字椒盐饼。幽暗中,一盏包裹着降落伞帆布的吊灯悬挂在桌子上方,岌岌可危,像幽灵一般……一个满脸粉红的女邻居出现了,身躯宽大,戴满了不值钱的装饰品。她开始吻孩子全身,把她抱紧在怀里,将她掩埋在夸张的爱抚中。倒茶时一片寂静。

"她的哮喘病呢?"玛丽亚问道。

"跟我在一起她没有发过哮喘。"她母亲回答说。

一阵尴尬。玛丽亚的目光在架子上的小摆设和瓷器间逡巡,停留在了一张旧照片上,镶照片的银相框已经失去了光泽:两张调皮的脸,一张是玛丽亚的,另一张是她丈夫的,他戴着橄榄帽,头发剪得很短。玛丽亚心里想,曾经有过一段明朗的、无忧无虑的日子,而现在,一切都是灰暗的,解释不清,处于失重状态。

"你跟布莱希特一起工作?……"

"是的。"

"我以为他死了，这个人！"邻居感到很惊讶。

"不，他没有死。"

"他很早就逃离了这个国家……一个共产党员……"

对话停止了。大家都站起身来。邻居说：

"我知道有个人今天晚上不会太晚睡……"

玛丽亚在台阶上用目光寻找着她的女儿。小女孩自己在一边玩。洛特的孤独是显而易见的。玛丽亚向她的孩子走过去，吻了吻她，走开了，离开了那幢房子。

十分钟后，玛丽亚坐在吱嘎作响的摇摇晃晃的有轨电车里，内心空荡荡的，无比悲伤。她成了自己生活的陌生人。

于是，她躲进了维尔姆灵格大街上一家白色的带拱顶的咖啡馆里。陶质火炉轰轰作响，闪着光芒。一张厚实的橡木圆桌子……一杯冒着泡，然后又不冒泡了的啤酒……这个地方的安宁与寂静让她平静下来。她的脸滑下去，她睡着了。

旅馆主人时不时地往火炉里塞一根木头，打量着这个熟睡的美丽的年轻女子。

在梦里，玛丽亚在维也纳的森林里玩耍。她采着花，钻进灌木丛里。她被胡蜂攻击，被蜇了。成群的黏糊糊的胡蜂消失在她的衬衣里。

玛丽亚出来的时候,晕头转向:人们说着话,汽车开过去,穿大衣的人走过去。她靠在一个栅栏上。傍晚的黄色太阳让她平息下来。

9

1950 年 11 月末,《安提戈涅》进入最后的几次排练时,玛丽亚·艾希注意到各文化部门的电话、来访和对演员的提问多了起来。她感觉到文化部那边流传着奇怪的报告。

可以听见刺耳的门铃声打断排练,或是电话在魏森湖住所的楼梯脚下丁零零地响。一个星期天的早上,莱因哈特大街的排练大厅里,来了一位办公职员。他打断了排练,或者说破坏了布莱希特激发起来的快乐的气氛。正在专心做柔软体操(面对大厅慢慢地做单足脚尖旋转,脚要灵活,腿要绷直,双臂围成圆形,然后放下)的人继续练习,但是从眼角看着这个奇怪的来访者。

这位文化委员会的成员手里拿着帽子,穿着灰暗的华达呢雨衣，后颈很厚。他公然合上钢琴的盖子，把德骚的乐谱推到一边。然后他笑了，笑得像一个窥视别人的人，这就意味着——布莱希特知道——一份报告放在了顿姆希茨的办公桌上，并抄送给了文化联盟，复杂晦涩、拐弯抹角的没有价值的文件，以揭露柏林剧团在美学和形式上的偏离，它的精英主义，它的隐语。布莱希特被描述成一个放肆的艺术家，嘟哝着无稽之谈，给出的傲慢例子令人惊愕。已经说过无数次了，人民文化部期待的是"坚固的无产阶级艺术"，健康实用，就像一只好锅子，一辆独轮车，一把斧子。但是布莱希特虚构、推断，多嘴多舌，自作主张，以辩证为借口，信口开河。这个滑溜的人让人觉得他对谁都耍花招。他让某些人觉得自己高人一等。他大量使用讽刺的评语，说话声音洪亮有力，把演员们需要进行的心理对话搞得滑稽可笑，动不动就引用莎士比亚，硬要把自己比作莎士比亚。简而言之，他自作聪明，善于丑化保留剧目，并解释说，作品的伟大，是通过亵渎来维持的，而不是通过"老土的崇敬"。

玛丽亚明白了，文化部办公室越来越多的报告，受到了那些作为文化联盟杰出成员的心怀嫉妒的作家的启发。她有时候也一窍不通，觉得布莱希特关于希腊戏剧的某些论述令人厌倦，就像那天，他花了大量的时间去区分阿喀琉斯对赫克托耳的仇恨和一个工人对老板的仇恨。

到了晚上,他的语调就变了:总是一成不变。他脱掉玛丽亚的毛衣,扯掉她的裙子。

她觉得受到了侮辱,仿佛在体检。

接着,玛丽亚在一杯水里溶化了几粒药片。大师心脏有问题。

一个星期二晚上,布莱希特和玛丽亚出席作家联盟的晚会。人很多。海伦娜·魏格尔走到布莱希特背后,对他低语道:

"玛丽亚·艾希好像稀释在空气里。她走过去,消散了,失踪了,又回来;她是一个幽灵,你的小宠儿,你跟一个幽灵生活在一起。我希望你有足够的记忆力能够想起来你把她放哪儿了,有足够的记忆力能够知道你那阵迷人的风去哪儿了。"

"你不喜欢她?"布莱希特说着用叉子在他的三明治里戳了一根酸黄瓜。

他补充道:

"这些话已经有人跟我说过了。"

"哪些话?"

"玛丽亚是穿堂风,有一天她会消失。"

布莱希特在他的盘子里装满带软骨的小牛头肉酱,咬起来嘎嘣作响;他真想穿着睡衣,待在魏森湖别墅铺了地砖的宽敞的厨房里,看着露特·贝劳的头发在肩头闪闪发光……啊,不是今天这个老女人,而是1941年那个年轻的瑞典女子,穿着她那件红白格子的游泳衣,欢乐地在波罗的海沐浴。玛丽亚是一个有意思的姑娘,但比不上露特……

有人向他走来。

布莱希特放下盘子,点燃一支雪茄。来人把他拖向大厅中央。他思量着他的星座是否合莫斯科的意。统治那里的是暴君……

他幽默地,甚至是巧妙地回应了别人敬的酒。他这么做都是为了海伦娜,她现在是一个幸福的公众人物。他既不想,用他的说法,"搞破坏",也不想让她担心,但是莫斯科的消息真的很糟糕。局势恶化。他让他的布景师用浸满中国墨水的画笔加上长长的一条线。快笔画过,跟签名一样。

有一天,他会去中国,到山谷里。一座小房子,他的打字机哒哒哒,从厨房能看见峡谷里的雾气,公鸡啼鸣。偶尔,他读从德国来的报纸时,没有恶意地小声埋怨一下。他会用粉笔画个圈,在里面放两只公鸡,一个孩子,然后他看着。他会扣好他的上衣。午后,他睡个午觉,吃点小牛腰,把太长的诗砍掉一些,然后去参观中国木匠的作坊,在碎木屑里走走,试试他的新书桌,浅色的木桌子。狗爪、麻雀、窗帘、梯凳、肉酱、啤酒。用黑墨汁写的诗……

夏天,他将在搪瓷浴缸里洗澡,伸一个指头到高脚盘里品尝水果泥。醋栗、疲劳、困倦、流言蜚语。他会吹口哨呼唤他的狗,然后去跟木匠的儿子玩抓子游戏。整个晚上,他都会在院子里打着哈欠,看着雾里的卫矛。他会抽上一支雪茄。

当莫斯科艺术科学院院长,好像叫塞尔盖伊什么的,向他伸出手,把他的手握在自己的掌心里,为自由青年联合会兴奋不已的时候,他想的就是这些东西。

一个老朋友,某个鲁道夫·普雷泰尔,据称是奥格斯堡中学的校友,端着一盘炖牛肉走过来,低声对他说:

"吃第一!道德第二 …… 对吗,贝托尔特! …… 对吗?……"

朗霍夫和顿姆希茨穿着剪裁合体的西服,看上去像公证员。他们的妻子穿着可怕的裙子。大厅的一角还有阿诺尔德·茨威格和约翰内斯·贝克尔,他们曾经有幸看到他们的散文被面色通红的纳粹德国冲锋队扔进烈火中,诗歌在铺着石块的、被穿着褐色军服的冲锋队员包围的广场上燃烧……

那个人,那个儿时的伙伴又回来了:

"而在这里,道德第一!吃第二……"他用叉子把他盘子里的食物拨给他看。

于是布莱希特假装一群年轻人在叫他,显出很快乐的样子。他抓住一个女大学生的肩膀:

"演好您的角色! 微笑! 我在《潘蒂拉》里给您找个角色! 布莱希特的诺言! ……"

年轻的姑娘还没回答,大师已经把两根手指伸到玛丽亚的背后去挠她的痒痒了。"吃第一,道德第二。"他低语道。在这群土里土气的、衣着灰暗的服装人面前周旋,他内心突然涌起一种说不清的感情……他们有着莫斯科新官僚的学院式的呆板……

他拒绝再发言,穿上大衣,向官方派的汽车走去。远离人群,睡到虚无的旋涡里去。很快他纠正了自己的想法:世界是一片废墟,他饿了,在这里还有什么好抱怨的呢?

司机问第二天几点来接他。七点半! ……接着他躺在房间里,听着一张 78 转唱片,保尔·德骚送给他的布鲁诺·瓦尔特录制的唱片。

10

集体排练开始后的第五天,布莱希特上楼进了玛丽亚的化妆室。她正在小小的洗脸池里洗她的内衣。他围着她转了转,然后坐进了镶着巴洛克金边的深红色丝绒扶手椅。

"您不够轻盈,玛丽亚。"

玛丽亚给她的胸罩涂着肥皂。

"你能不能帮我一个忙?"

玛丽亚以为跟性有关。

但是布莱希特接着说:

"你能不能更轻盈一些?"

他又说:

"我觉得如果你胳膊的动作少一点,你会更轻盈。"

"是的，当然。"

一阵沉默。

"你明白吗？"

布莱希特点燃一支雪茄，像往常那样，他感到尴尬的时候，就把自己裹在烟雾里，摆出一副讥讽的、不自然的神情。

"你能把毛巾递给我吗？"玛丽亚问。

布莱希特递过毛巾。

"更轻盈……像这烟雾……更轻盈……"

玛丽亚在灯光下察看她的内衣，接着把它们挂到悬在屏风和帽子架之间的铁丝上。

"动作少一点，"布莱希特低声道，"好吗？"

"我懂了。"

一阵沉默。

"你不应该这种态度。"

"对不起。"

布莱希特转了转他的雪茄，让烟灰掉进被当作烟灰缸的锡盘里。

"已经有人跟我说过了。"

"谁？"

"海伦娜·魏格尔。"

"你肯定吗?"

"绝对肯定!"

布莱希特饿了,想吃五花肉。玛丽亚穿上血红色的平纹结子花呢裙子。她的拉链卡住了,布莱希特站起身去帮她把裙子拉上。

"你胖了!"

"没有。"她说。

她扣上衬衣的扣子,发现一粒贝壳纽扣快掉下来了。她拉了拉线,纽扣掉在椅子上,弹起来,滚到布莱希特的椅子下。他茫然地弯下腰去看扣子在哪里。

玛丽亚趴在地上去找扣子。

"你要我帮忙吗……"

"不用,谢谢。我能行。"

"你要我叫一个服装助理来吗?"

"不用,谢谢。"

一阵沉默。

"我开玩笑的。对不起。"布莱希特说。

他想他应该在舞台的米色长棉幕布上加一道长长的黑墨笔线。玛丽亚正站着缝纽扣,烦躁地扯着针和线。

终于,她用牙齿咬断了线,扣好了她的衬衣,看着布莱希特固执地压扁烟头,熄灭了雪茄。布莱希特老了,下嘴唇有些下垂,软塌塌的。他刮胡子的时候忘了左耳朵下的那一块。

"我为我刚才说的话道歉。"

"你什么也没说。"

"不,我说过……"

"我知道你说了些什么。"

布莱希特想:演员口蜜腹剑。他本想跟她和解的愿望突然转为憎恨:她以为自己是谁,这个蠢货?

玛丽亚穿上外套,问道:

"你能去帮我把剧本拿来吗?"

布莱希特站起身,打开挂衣橱,取出了架子上的剧本。玛丽亚翻到夹了巴特弗斯劳的明信片的那一页,这张明信片是她八岁那年,她在奥地利的这个温泉疗养胜地度假的父亲寄给她的。她读了她的角色,给一些段落打了勾。布莱希特开始观察她。有时候,他偷偷地看她,觉得从她身上散发出令人好奇的孤独,常年被遗忘在寄宿学校的孩子身上所特有的东西。这种孤独让玛丽亚·艾希显得神秘,奇怪地似在非在,让人觉得她被剥夺了将来,永远生活在唯一的一天中。她之所以走上舞台,愿意将她的身影放上戏剧舞台,是为了好好展示她自少女时起就经历着的那唯一的、单调的一天。可以说,演员就像康复期照顾自己的病人一样,重要的东西已随健康而去,从那以后,即便离开寄宿学校,走出多年的孤独,也找不回童年的健康。是的,布莱希特心想,不再有将来,这个女人不过是放在戏剧舞台上的一只旅行袋。

11

　　与汉斯·特劳见面前的几个夜晚,玛丽亚·艾希睡不好。她悄悄地打开收音机,得知斯大林和西方之间有些不愉快。早上,她试着喝浓茶让自己醒过来,然后去排练《安提戈涅》。由于没有直接跟她有关的戏,她坐在第八排,周围都是空座位。布莱希特突然停止指导演员,笔直地向正在包里翻找手镯的玛丽亚走来。

　　他好像没有换气,一口气低语道:

　　"大部分人都意识不到,玛丽亚,艺术能够对他们产生的影响,好的或者坏的影响。表演展现出世界的形象,对世界的清晰或模糊的看法。您应该知道一点,如果您的注意力不够集中,表演会改变所有的人,包括您!不被理解的、没有人看的艺术,就失去了价值！这您能理解吗？"

接着，他奇怪地放下玛丽亚外套的领子，这个清教徒的动作似乎用来遮盖女演员的乳房。他重新登上舞台。

演员们等待着，想着在黑暗的大厅里发生了什么，从布莱希特面无表情的脸上，从他冰冷的神情里猜到了他的心情很糟……继续排练。柱子、马头、工作台变成了在肮脏的灯光里啪啪作响的不合时宜的东西。一只射照灯的短路并没能改变什么。

午后，玛丽亚在公园里散步。那里的寂静让她震惊。靠近冷杉树林，有一个叫"都市"的电影院，带一个积了雪的黄色宽大挑棚。她把一份《柏林日报》塞到屁股底下，坐在台阶上，看着穿军大衣的士兵不停地一边聊天一边跺脚取暖，渐渐忘记了自己糟糕的心情。废墟之上是带着红线条的天空，显示出落日的庸俗样子。玛丽亚觉得自己平静了下来。她站起身，朝汉斯·特劳给的地址走去。她早到了十几分钟。

天鹅旅馆很矮，带拱顶，圆圆的气窗上是小格的彩色玻璃。笨重的长方形深色木桌子。窗户旁的蓝色烟雾里，一个极为优雅的年轻男子正在翻阅着一个本子，有时用一把小尺子量着什么，然后移动描图用的透明纸。玛丽亚要了一杯茶，在幽暗中等待着。

汉斯·特劳来了。他们谈论布莱希特和柏林剧团,剧团的标志圆得像奔驰的标志,盘旋在德意志剧院顶上。玛丽亚觉得解脱了,滔滔不绝。她知道有人听她说话。她心想:任何人都不像他那样听我讲话。她自问她提供的秘密信息,是否得到情报部门的认可并被拿去研究。

汉斯说,战争期间,斯德丁有一个很好的剧院,他的那些军官朋友常常去那里。他们的对话里出现了空白,一阵沉默,但是某种清新的、宁静的东西把他们连在了一起。一切都显得清晰、平静、熟悉,很多年没有这样过了。她想以"你"来称呼他。汉斯把一个冰冷的金属物放到她手里。那是一个袖珍的柯达照相机,从西德进口的。"我觉得有人在看着我们。所有的人都在看着我们。"汉斯付钱的时候,她说。

他们走了几步,玛丽亚不知道该做些什么,说些什么。她注意到夜色在某些废墟上方留下了奇怪的明亮的轮廓线。他们走着,跨过一个篱笆。跟布莱希特所做的一切,所有的争吵,所有的误解都属于没落的旧世界。玛丽亚不太清楚被何种情绪包围,她感受到了信任、信心,想承认满心都是愉悦、轻盈。她想要一杯滚烫的咖啡,想要有一天能踏上离开柏林的笔直的人行道。她看着一座教堂的圆顶,还有一架要在泰格尔机场降落的飞机。

她从什么时候起,偏离了这个最初的、清新的世界?她一与汉斯·特劳在一起,这个世界就回来了。

只需要走在他身边,只要听他解释如何使用柯达相机,怀疑、焦虑、噩梦、阴影、恐惧就会消失;只要他温柔地说话,人类就不再沉重。为什么突然有了希望和幽默?甚至这个站在露天地铁高架下,卖梳子、歌德的精装本、不值钱的小玩意和花边缎带的小贩,也成了信使。小贩,温柔的信使……真是想不到……汉斯买了一把梳子。

然后,他把他的雨衣摊在黑色的冷杉树间,开始说话。

他谈论他的工作,似乎想重新开始那段在他不想透露的那个事件之后,被他消除的生活。但是当他带着某种痛苦的蔑视宣布"现在,我知道我想要什么!"的时候,看得出他脸上的疲倦和慌乱。

他提高了嗓门。在冷杉树下,这句重复的话传递着一个奇怪含糊的信息:

"我知道我想要什么!玛丽亚。"

他们在德意志剧院附近分了手。柏林剧团那明亮的标志在夜里旋转着,倒映在运河里。汉斯沿着河堤远去。玛丽亚心想:一切都陷入昏沉、睡眠之中,世界睡着了。一艘暗绿色的沉重的驳船,吃水很深,在水里滑行。

第二天,尽管下定决心(我应该总显出快乐的样子,我是安提戈涅,我很轻盈,我是天使),玛丽亚起初还是感到恐慌。她洗澡的时候有人来刮门。她反复问道:

"谁?……谁?"

布莱希特回答说:

"你为什么不把浴室门锁上?你在等人吗?"

接着她感觉到了他的手指、毛巾,她被推向床边,接着是地毯上。

他在紧紧的拥抱中,低语道:

"为了谁?"

他咬得更紧。玛丽亚被他咬得局促不安。

"为了谁?为了谁你今天早上扭着屁股?"

床头的灯掉了下来。

他砰地关上了门,离她而去。玛丽亚觉得自己是"勇敢的情妇",引起了他的妒忌,又在他所说的"色情恐怖片"的中途熄灭了他的热情。他回到房间里来时,剩下的只是一起生活、出行、说话的一男一女,看似放松,其实两个人都失去了自信。他们之间的对话失去了音色。一只打火机在黑暗中闪闪发光。他在心里重复道：一个索取，另一个给予，一个给予，另一个索取。

他坐在床上，翻开一本美国小说。他并没有在看，却想着他跟露特一起滚地毯，跟海莉在楼梯上做，跟凯特坐在花坛的铁隔离带上。跟露特，他停下黑色的斯塔伊车，在斜坡上做爱，连衣服都没有脱。

12

《安提戈涅》的彩排在四月份举行。尽管戏剧自动得到了官方喉舌的好评，但他们对玛丽亚的演技却只是稍稍带过。布莱希特大师反对剧团里有任何等级观念。

五月和六月过去了。巡演、见面会，为年轻人做节日准备。玛丽亚开始吃蜂蜜含片，她的嗓子很容易疲劳。七月底，她跟着布莱希特和他的剧团到了波罗的海海边。

阿伦斯霍普。绵延的沙滩上，一个值得保存在博物馆里的小村子，漂亮的小房子，雕花木头、台阶、内置楼梯，19 世纪初期的那种宁静的东西。远处是沙丘，那后面是一片片湿沙地，再就是被海水腐蚀的防洪堤，几间更衣室，无垠的平地。盐沼地……

一些摄影师来给布莱希特拍照。

玛丽亚寄宿在一户靠近木教堂的人家里。她晚上有时被请去喝餐前酒。其他的时间,她在沙丘上闲逛。明朗的天气让人觉得地球不再转动。几个皮肤粗糙、光秃、瘦削的孩子,四肢细长,哆嗦着跳进拍打着海堤的绿油油的波浪里。这些波浪,洗涤一切,氧化一切——背和膝盖,海鸥的粪便和航标。玛丽亚跳进这冰冷的水里以忘记一切。

她远离布莱希特的剧团。刮风的天,明朗的天,漫长而完美。海潮沉睡,驯服。玛丽亚有时在波浪里打趔趄,她看着孩子们,想到她的女儿。躺在浴巾上的那些家庭让她伤感。她固执地游着泳,忘却厌倦。

午后,淡蓝的天空一片宁静。泡在海里的人成了微小的点,大海银光闪闪。无边无际,一片片云……玛丽亚沉浸于某种神圣的温柔之中。大海的力量似乎将大家的身影吞进了远海的波光中。玛丽亚心想,为什么要用可以理解的东西去解释不可理解的东西?她坐在一条长椅上,欣赏着夜间来自斯堪的纳维亚国家的长长的海浪,均匀地将海岸线染成白色。

一天晚上,他们聚在一起,玛丽亚对着一棵松树眨着左眼,然后是右眼。布莱希特问她:

"您在搞什么花样,玛丽亚?"

"噢,我在玩……"

愈发寂静。所有的脑袋都转向玛丽亚。

"可是还……"

"我在测量左眼和右眼视角之间的差距。"

海伦娜·魏格尔拿着一盏煤油灯靠近桌子,把灯放在咖啡杯和玻璃杯中间。

"结果呢?"布莱希特问道。

"没有结果。"玛丽亚说。

她补充道:

"我在想什么能解释恶……如果上帝存在……"

没有任何评价。只听见海伦娜·魏格尔擦亮一根火柴。她取下煤油灯的玻璃罩,点燃灯芯,调整火苗。几滴水弄黑了茶几上的桌布。暴风雨渐渐在海上远去。布莱希特说:

"考虑您不能解决的问题,没有必要。"

海伦娜·魏格尔打断他,问玛丽亚道:

"您今天下午干什么了?"

"我去看了渔夫们的老教堂。我游了泳。"

一只咖啡杯撞上了一只玻璃杯，布莱希特喝了点烧酒，露特·贝劳把右手插进她深色的头发里。布莱希特说：

"谈论那些没有答案的事情，没有必要。"

他点燃他的雪茄。

布莱希特有时会把玛丽亚叫到他兼作办公室的小卧室里。一般来说，事情如此发展：玛丽亚平躺着，慢慢地被脱光衣服。色情过后，大师冲一个澡。玛丽亚偷偷地拍摄放在木桌子上的文件。

偶尔，她也在纸篓里翻，展开诗歌的草稿。

那年夏天，她交给邮局的一个年轻女邮递员四卷胶片，寄到柏林去。由此得知布莱希特寄了三封信给时任中央委员的埃里希·昂纳克，让他帮助著名演员恩斯特·布歇，政府不喜欢布歇的一首儿童歌曲。还有写给音乐家保尔·德骚的信，德骚也在为《审判卢固卡斯》谱写了乐曲之后，被认为是一个奇怪的形式主义者。再加上写给作家联盟秘书长，权力极大的库尔特·巴特尔的一封信，还是为了让他帮助恩斯特·布歇。还有写给外国出版商的一些信。整个夏天都在看西德报纸的汉斯·特劳，收到了玛丽亚的包裹。他把照片洗了出来，得出结论："她寄来的东西都很无聊，所有这些他已经都知道了……"他倒进扶手椅里，对特奥·皮拉说："我想知道的是，她什么时候能够怀上'大师'的孩子。"

在阿伦斯霍普的那段日子里,玛丽亚更加频繁地一声不吭就离开他们。她的缺席让布莱希特不悦。他走进浴室的时候,他的小安提戈涅在窗户边的挂钩上挂了一条蓝色的毛巾,把她窄小的白色泳衣系在窗户插销上。泡泡纱的布料在微风里飘荡,似乎在嘲弄老布莱希特。是的,这件皱巴巴的白色泳衣(和抹胸上的细花边)轻轻地飘动着,在清晨的风里打转。一块布嘲弄着大师。他胡子刮到一半停了下来,把泡沫刷放在洗脸池上,用手触摸泳衣裤裆处轻薄的接缝,即贴在阴阜上的那块布料。他寻思着为什么玛丽亚做爱的时候,那张脸就像升向天国的死去的王后,双眼紧闭,仿佛躲藏在她自己的内心深处。她逃避他,而且她逃避一切。她逃避柏林剧团的工作,她逃避理论课,躲在剧院的楼梯上,喝光一瓶瓶啤酒来逃避,早中晚都去游泳,冒险去深水处来逃避。

他在脑子里算了一笔账:我们来了之后我才占有了她四次,最后一次是在塑料地板上。

他刮完胡子,穿上衣服,拿起拐杖去海滩。起初,他只看到阳光灿烂的花园,一条满是裂缝、被宽宽的沙带覆盖的柏油马路,接着他拐到一条有轮胎印的小路上。他爬到沙丘顶上,看到的是闪烁晃动的海浪。

她在哪儿？

他只看到无边的天际和被微波舔着的巨大的弧形海滩。他脱掉拖鞋，开始走下沙坡，带刺的植物戳着他的脚。清澈的天空里露出淡淡的卷云。一阵阵海藻晒干后的味道……布莱希特勉强穿过一排卵石，向悬崖那边望去。他认出了那只帆布包，铺开的一条白毛巾上有一个学生的本子，排练《安提戈涅》的时候，玛丽亚在上面做笔记。

他坐在毛巾边缘，望着大海沉思。海浪，孩子的叫声，猛烈的海风。性交失败的次数。他想着。

一只孤独的海鸥飞过蓝色的视野，扔下一声嘶哑的鸣叫。阳光下的微波是那么缓慢，叫人忍不住要问这片辽阔是否就是一个深邃的、绿色的、凝固的整体。就在此时，玛丽亚出现了，冻僵了，颤抖着，浑身都是小水滴。布莱希特听见自己用无比虚假的热情的声音对她说：

"来，我来给你擦擦……"

她坐了下来，背对着他，他抓住满是沙子的毛巾，为她擦着光滑的背部，就像是在刮一堵墙。她僵直着，微微蜷曲，布莱希特用力地沿着她的手臂擦，仿佛在打磨。接着，他想亲吻沿着她的脊柱冒出来的红点点，玛丽亚避开了。布莱希特把手伸到了她大腿间：

"你要不要高潮？"

"不，现在不要。"

她躺在浴巾上。她聚精会神地审视着她胳膊上受到刺激的粉色皮肤。

"我不知道怎么跟你相处。"

他们在海浪的隆隆声中昏昏欲睡。偶尔，玛丽亚·艾希转过头去，微闭着眼睛，隐约看到明亮线条的移动，阴影的飘过，水面细碎的金属光泽。

一片云团从左边升起，大海变成了深紫色，有些水域光秃而冰冷。玛丽亚站起身，套上一条裙子，消失了，就像荆棘遍布的小径上闪亮的一个幽灵。

布莱希特沉沉地睡过之后，站起来，凝视着大海。它无比荒凉，荒凉得叫人难受，极度干燥到燃烧起来。等他回到别墅，绳子上挂着干衣服，衬衣被风吹得鼓起来，似乎里面隐藏着在集市摆摊的男人结实的胸脯。

一架小飞机的轰鸣声响彻天空，接着永久地消逝了。一片寂静。院子，几把长椅子，院子里的铁桌子，浸润在一种奇怪、不真实的静止状态中。云飘得如此之慢，让台阶暗了一会儿。

布莱希特因此认为大地死了，或者远离了他，因为在这片寂静里,在草坪上晶莹的草丛里,只剩下了他自己末日的花粉,他那消失的奇妙而闪亮的花粉。

他快乐地给自己准备了一杯咖啡,坐在台阶上喝着,等着其他人回来。

13

在布莱希特家的某些夜晚,玛丽亚·艾希被打发坐在桌子的末端。有一天晚上,她离开客人,决定把布莱希特卧室里的家具换个位置。她在床头柜底下发现了一本爱沙尼亚语的《圣经》,便读了起来。她在书里找到一朵紫色的干花,于是开始想象把这朵花放在里面的那个人。

夜幕降临了。她没有动,《圣经》还放在她膝盖上,她完全沉浸在自己的想象里。她并不难过。尔后,她听见走廊里有脚步声,门开了,一只手旋转着电源开关。是布莱希特,拿着一杯冒泡的香槟。

"给您的。"

她慢慢地饮着,知道接下来会发生的老一套。他脱光了她的衣服,把她转向墙壁,占有了她。她想:他不是在占有我,他是在搜查。她紧紧抓住黄色的窗帘,接着在布莱希特用梳子柄来代替衰退的性功能的时候,握紧了拳头。

清晨,她拿了一只沙滩包,在里面塞了泳衣、浴袍和泳帽,溜出房间,从花园的绿色小门逃了出去。

灿烂的早晨。天空发白,别墅群和如今供国家干部的孩子寄宿的学校已经沐浴在热浪里。空气颤动着,如同模糊的记忆。一切都很和气、庄严。已经感受得到海浪的喧哗、悬崖、海藻。远处,沙滩左侧的位置,是一个半岛,还在下暴风雨。还有一片黄色的田野。在她身后,是一个变成"人民之家"的旧赌场,窗户都开着……她泡进海水里……她在这里的这段日子里,一直在同一个地方游泳。这一带的水颜色更深,下面有一条黑线,那是驱逐舰基础设施的残余部分。她把衬衣挂在一根柱子上。她在别的地方从来没有这样愉快、这么光彩照人。她的生活在海浪永恒的起伏中烟消云散。海浪变成褐色,变成黄色,闪闪发亮。中午的大海波光粼粼,到了下午四点就成了紫色。她的腿温暖起来。她觉得自己光滑、美丽、随意、轻率。远处海面上的帆船犹如海市蜃楼,让她吃了一惊。玛丽亚摘下黑色的眼镜,喝着保温瓶里的凉茶。她的泳姿很协调。她滑进水里。天空形成了一个奇怪的洞,紧接着无数的积雨云往上升,蒸发掉;成千上万的光芒消融了,上涨的海潮的声音变了。她忘记了布莱希特和他那帮人,他们的意识形态小屋要坍塌了……

跟布莱希特短暂的争执过后,她在一座旧水塔的后面发现了一个松树林。草地、泥潭,是这个雾气蒙蒙的地方出现的不可思议的明亮。有一天晚上,她傻傻地待在一个岔路口。铁轨消失在煤渣里,铁道口生了锈,废弃的站台上长着草。她觉得自己不可思议地被这个地方吸引住了。戏剧,世间真正的戏剧,就在这儿。

在柏林,玛丽亚最新的报告让汉斯·特劳异常困惑,他把这些报告塞进与重组波罗的海港口的指令有关的文件里。他把所有资料都扔进一只包里,夹了一张便条给施拉梅克,让他注意财务部的安全设施。然后便看到他高大的身影向走廊尽头走去。他把午后的最后一点时光消遣在空军部的旧游泳池里。他晚上回来的时候,带了一个小小的黑面包香肠三明治,把自己锁在办公室里,再读读玛丽亚与布莱希特和他"那帮人"的对话摘要。最令人吃惊的段落,是要为新国家确定一些必要节日的日期。布莱希特,据玛丽亚判断,已经精确地酝酿制定了一系列官方节日。其中有"胜利节"、"新年赠礼夜"（为什么要在夜里赠送礼物,纳粹送的是长长的刀子)、"世界斗争日"、"青年日",还有"狂欢节"。

报告总结说,狂欢节肯定非常重要,那是化装和开玩笑的日子,"告别最神圣的东西的日子,捉弄地位最高的人的日子"。他用笔画上着重线:"捉弄地位最高的人。"

他愕然之余沉默了片刻,心想:是她还是他脑子有问题?

汉斯读了好几遍最后的记录,认为他的包不够大,藏不下这些胡言乱语。他把它们撕成两半,接着是四半,然后扔掉,心里想,他从来都没有怀疑布莱希特有如此古怪的想法,会去设想一个丑化地位最高的人的节日……这证明他的脑子里有样东西不正常。他感到不安,决定提前与玛丽亚会面。他打电话给接头人,一个在德累斯顿学戏剧的年轻女大学生,于尔苏拉·布鲁克曼。她在柏林剧团的服装间实习,负责熨烫戏服。他拨了一个电话号码,电话响了一会儿,但是没有人接,他便有些不安起来。他晚上又试着打电话,接电话的人,某个叫埃克曼的人,也在服装间工作,对他说,于尔苏拉·布鲁克曼已经失踪好几天了。他先是感觉到莫名的紧张,接着是越来越强烈的压抑感,还有连续的工作、疲劳、烦恼。他决定去她位于大学城的房间。

他在接待室门口沉默不语,门卫有着士兵的嗅觉——哪怕他穿着便服,也能够辨认出他是当官的,于是把自己的制服重新扣好。门卫把他带到四楼的房间里。这是一个白色的小房间。杯子里有茶,上面结了一层钙膜。一张日历上到星期一的日期都被划掉了,丢勒①那幅天使脑袋的临摹画上加了几道铅笔印,想要多画些卷发。洗脸池上还有肥皂印,一台从西德来的电取暖器,衣橱里一件衬衣在衣架上轻轻地转着。还有一台收音机,奇怪地放在铁架床的床板底下。房间里弥漫着一股异样的味道。

"她走了很久了吗?"

"上个星期二。"

"您有没有通知过谁?"

"总管。"

"她看上去有没有心事?"

"谁。"

"于尔苏拉·布鲁克曼。"

"大家都有心事。"

汉斯检查了锁,窗户上的防盗网。然后他站起身说:

---

① 丢勒(1471—1528):德国中世纪末期、文艺复兴时期著名的画家、雕刻家。

"把房间的钥匙给我。"

他在面对魏森湖的小旅馆停了下来,打了一个很短的电话,之后他回到家里,把那个房间的钥匙放在一只小小的荷兰雪茄盒里,心想年轻女人们消失的方式真是不同凡响。这应该只是第一个消失的女人。他知道奥托·格罗提渥会不高兴。疲劳,无聊,时间流逝。他开始检查一叠露特·贝劳拍的放大的照片。

他出神地盯着海伦娜·魏格尔戴着乡下女人难看的头巾,坐在《胆大妈妈》的推车上的一张照片。这样的戏剧留不住观众⋯⋯

14

一月份的柏林变白了。情报局的黑色旧斯柯达汽车渐渐消失在雪花里。特奥·皮拉重新戴上手套,用望远镜观察着两扇有多立克柱的很高的窗户。尽管被榆树光秃秃的树枝挡着,布莱希特的房间还是能被看清。没有窗帘,没有双层窗帘;布莱希特来来去去……有一刻,大师出现了,脸色苍白,头上扣着一顶鸭舌帽,他的雪茄冒着烟。也许他在观察黑暗的柏林大道,和小小的玻璃房……然后,窗户被推开,显然,布莱希特朝下面腐烂的树叶里扔了样东西。

特奥·皮拉观察了三刻钟,被冻麻木了,机械地数着楣窗上的玻璃格子。他就像做梦一样,窗户看久了,觉得它们在前进、后退。汽车门砰的一下,浑身是雪的汉斯·特劳在旁边出现,特奥跳将起来,脱掉手套和帽子。

"怎么样?"

"你有毯子吗？我冻僵了。"

"那边什么情况?"

特奥低声抱怨道：

"性交而已。"

汉斯搓了搓手,拿过望远镜。

"玛丽亚在那里吗?"

"在浴室……不着急……"

汉斯调了调望远镜,圈定了房间的黑框架。

"你喜欢这个房间。"特奥说着,用手擦着汽车前门三角窗上的雾气。

"是的,我喜欢房间。"汉斯说。

"我也是,但是你特别喜欢玛丽亚的房间。"

"什么?"汉斯问。

"你喜欢那个房间。"特奥说,"那是玛丽亚的房间,你喜欢玛丽亚。"

"是的。"

"你一直都喜欢她。"

"是的。"汉斯说。

"我也是……嗯,我开玩笑。"特奥补充说。

"我不是!"汉斯盯着走来走去的布莱希特说。

一丝笑容照亮了特奥的脸。

"你为什么不睡她?"

"不能有任何关系。"

"为什么?"

"跟线人不能有任何性关系。永远不能。工作中永远不能,特奥,永远不能。"

"她的嘴唇很有表现力。"特奥低声道。

"嗯。"

"太……"

"太什么?"

"有表现力,她浑身都很有表现力。"

"女演员的嘴唇。女演员身上,一切都很有表现力。"汉斯说,"她们全都不遗余力地爱表现……"

他盯着从一个窗户走到另一个窗户的布莱希特。

贝托尔特咬着他的雪茄,快速翻阅着西方的报纸。

"他在读《时代生活》和《法兰西之夜》!"汉斯注意到。

"他有权利。"

汉斯监视着他的身影,疑惑地努了努嘴唇。

"你为什么不睡她?"

"睡不能解决问题。"

汉斯·特劳微微地推开车门,把仪表盘上的烟灰缸倒空。

"你为什么不睡她? 你爱她……怎么才能解决问题!"

"你说什么?"

"睡她!"

汉斯把望远镜放在膝盖上,看着特奥。

"我爱这个女人。我唯一能为她做的,是帮她去西德。"

"就是啊,你看着她跟那个胖子从一个房间晃到另一个房间,肯定觉得不舒服!"

"他们干什么了?"

"她整理了两个壁橱,然后在房间里熏烟,为他读了报纸。然后,他们肯定在浴室里、在床上、在床下,做了些什么,我没有看见。"

沉默片刻之后,特奥重复道:

"你为什么不睡她? 你陪她去西德,你在西德睡她。"

"我不想。"

"你不能。"

"不能。"

"你想听我说吗?"

"不想。"

汉斯补充道:

"别烦我。"

沉默了很久。汉斯自问,为什么,从少年时代起,他就把他所有的爱情都隐藏起来,为什么他觉得那是一种羞耻。他记得有一年夏天,潮汐高涨的午后,在波罗的海边疯长的草丛里的一次漫步。他要向跟他一样参加高中毕业会考的英格丽表达爱意。疯长的丛丛野草无穷无尽,海潮高涨,英格丽把她的衣服四处扔开,然后毫不拘束地泡到水里,而他穿着衣服,想到自己要表态就惊恐不已,使劲地在脑袋里想那几个句子,满是愚蠢或下流的想法,他坐在一堵矮墙上,看着自己心爱的女孩游泳,像神经病一样觊觎着她,意识到自己的心理障碍。他觉得自己无法动弹,而英格丽裹着一条毛巾,坐到了他的旁边,瑟瑟发抖,肩膀上满是水珠。他记得她的辫子在她的后颈上晃动,变成十分诱人、迷人的东西,以至于他脑海里只剩下这个形象。

是的,年轻的女孩笑着,跳到潮湿的沙子上。她跑着,而一场暴风雨正从屋后升起。

"你有心理障碍。"特奥说。

"是的。"汉斯说。

汉斯把外衣的领子竖了起来,觉得寒气一直到了脚底。

"瞧,"特奥嘟噜道,"是她。"

汉斯重新抓住望远镜去跟踪这两个人的动向时,感到无名的焦虑。上面那个房间的灯光变了,成了粉红色,好像布莱希特关掉了天花板上的大灯,留了漫射灯。

布莱希特伸出胳膊,想让浴袍轻轻地滑下来,但是玛丽亚生硬地把布莱希特的胳膊从她的肩头上拿开。汉斯放下望远镜,觉得所有的焦虑都冲刷干净了。

他对自己说,他希望能跟这个女人过另一种生活。他又坐下来,想想他还是情愿跟她出现在这样的生活里。显然,玛丽亚不爱布莱希特。

特奥·皮拉肥胖的身影包裹在蓝色的烟雾里。一个红点吱吱作响。汉斯说:

"你不该抽烟。"

汉斯在玻璃的反光里看到了自己的脸,几道雪痕勾勒出月球的景色,打破了这黑色的图案。

特奥说:

"大家都一样。"

他补充道:

"你知道吗,汉斯,我喜欢女人,当我觉得这是一个可怜的蠢女人时,我可以睡她……但是如果我爱上她了,我觉得就像看见了圣母那样。你懂不懂我的意思?"

"不懂。"

汉斯重新扣好外套的上半部分,把望远镜塞进套子里,认为他的生活不过是一系列无法理解的行为,但是他至少知道他爱他的国家,爱他的职业、他的使命,爱玛丽亚·艾希,但是没法都凑到一起。甚至说话,有时候,他也觉得困难。

"你想不想我们哪天聊聊? 彻底聊聊?"

"不。"汉斯说,"晚安,特奥。"

他不紧不慢地沿着松树林间的小路往上走。湖边蛇形般的光带散了开去。

15

　　春天，好几件事让玛丽亚很不自在。首先是柏林剧团的一个秘书来给他们看要发给新闻媒体的剧团照片时，在排练大厅他们发生的争执。所有的人都赞成一个学斯拉夫语的女演员的观点，她更喜欢玛丽亚裹一条三角头巾，看上去像一个年轻的女囚。玛丽亚虽然反对这张照片，它让她近乎平庸，遮住了她可爱的头发，但是她不得不让步，布莱希特介入进来，用讽刺的口吻说："没有文化的人通常在对比明显的时候，在蓝色的水更蓝、金色的麦子更黄、夜晚的天空更红、卷发的女演员像小卷毛狗的时候，看得到美……"玛丽亚更喜欢放在她化妆台上的业余摄影者拍的照片。

　　排练结束后，玛丽亚又在走廊里与从楼梯上下来的布莱希

特理论,他用略带恼火的口气向她保证:

"一切用来美化的东西都是平庸的,根本不理解意在保持距离的艺术,你要记住!"

"好!"玛丽亚回应道。

"好"成了她经常回答的字。当气氛过于压抑时,当她觉得自己缺乏如同森林精灵一般在走廊里游荡的"无产阶级理性"时,她就躲进亨丽埃特广场的一个酒吧里,打电话给她的女儿洛特。她厌恶英勇的魏格尔。她从她街区的橱窗和窗户前走过,检验自己的美貌。

还有另外一个不幸,是她被叫去领食品卡、购物券和一张特殊的贷款优惠单,她从办事处出来的时候,看到那些饥饿的孩子,极为震惊。他们试着点燃西方的香烟。她想对汉斯说说心里话,他在电话里显得有些厌烦。他对她解释说:"城市里的劳动工具分配得很好。"

他用有些机械的急促语调重复说她肩负一项使命。他最后问她排练进行得怎么样,她怎么评价布莱希特言论的教育意义。他有没有提到毛泽东的中国?"有,带着激情、真诚。"这就是玛丽亚的回答,她完全不在乎,只梦想着跟汉斯一起喝杯咖啡。她很想回家,裹进床单里,跟他一起醒来。

但是电话那头汉斯的声音立即打断了玛丽亚的小资梦想:

"但是您怎么会不自在呢？什么让您震惊？您告诉我的不过是些鸡毛蒜皮的小事……"

"太没趣了。"玛丽亚嘟哝着。

"为什么？……"

"我觉得我会失败，"她说，"我曾经梦想着在布莱希特的领导下扮演安提戈涅。我梦想过希腊，那里的一切都在太阳下燃烧。我梦想过神，还有波动的、闪亮的、耀眼的大海，但我却在一座死人的房子里，在那些把世界分成卑鄙的小资产阶级和幸福的工人阶级的人中间。"

"是呀，"汉斯说，"一个大海闪着光的国家……希腊……"

然后他们又谈回布莱希特。

"排练的时候他教你们些什么？"

"他的介入非常低调。布莱希特坐在排练厅里，他从来不干扰我们的工作，他并不是什么都比别人懂，他让人觉得他不了解他自己的剧本。他一副'不知道'的态度。要是演员问他：'我该不该去那里……我说这个的时候？'布莱希特通常回答说：'我不知道。'但是建议、换位、动作，他都接受。有时候他很快乐。我喜欢的是这样的布莱希特！……他喜欢被非常年轻的学生围着，如果有个建议讨他喜欢，他会传过去，把它变成自己的。他很开放、放松，他从不强迫……他厌恶讨论哲学，这时候他会立即打断……"

　　说这些的时候，玛丽亚隐约感觉到她描述了一个过于和蔼的布莱希特的形象。她本想指出他在感情上和长相上都不能打动她，她在评价他的时候可以不去贬低他。她尤其担心失去汉斯·特劳的尊重。她本想说些向他表明她的社会主义责任心的话。

　　汉斯·特劳带着出乎意料的快乐对她说："有一天，我会来看排练，就为了让毕加索的鸽子的羽毛竖起来。"她心想她是否达到了她的目的：感动他。

16

特奥·皮拉欣喜若狂。在堆积如山的列为"机密"的清单和报告中，有一份笔记来自在好莱坞住过很长时间的某个理查德·A.纳尔逊。布莱希特一到柏林，纳尔逊就把跟他有关的一部分文件转交过来。除了联邦调查局没有获得布莱希特位于圣莫尼卡的别墅的监听权之外，文件也并没有提供这个被美国人称为有"共产主义倾向"的剧作家的任何新内容。不过，他的情妇兼合作人，露特·贝劳，美丽的瑞典演员，曾经被长时间监视。跟踪、拆信件、定期汇报。让特奥觉得十分有趣的是，他快乐地在联邦调查局的报告里找到大量错误。美国人的妄想如此出格，竟相信布莱希特与华纳签的，伊利诺伊大学保存了一个副本的合同，使用的司法语言里包含着加密信息。还有一份报告,其作者很惊讶 1944 年的时候,布莱希特对照相机如此感兴趣。他,特奥,知道为什么:布莱希特把他的时间用来拍怀孕的露特·贝劳的肚子……

中午,汉斯·特劳出去,沿着哈弗尔河吃肉肠三明治,然后去参观一个内河驳船小博物馆。他年轻时跟他父亲参观过这个博物馆,博物馆从那时候到现在几乎没有变样。橱窗里有模型、驳船、帆船、刀子、缝船帆的针、褪了色的帆缆索具的照片。汉斯·特劳怀疑布莱希特是否真的相信戏剧能够激起革命力量。布莱希特是不是正在策划着逃往中国?或者,像玛丽亚所说的那样,逃往奥地利?汉斯重新看过玛丽亚的笔记,拆开布莱希特的信件。布莱希特为什么要到这个连咖啡都很糟糕的国家来定居?他那么喜欢钱,喜欢银行里的票子,喜欢舒适,甚至他理想的女人也是瑞典人或者维也纳人,绝对不是穿着制服的东柏林女人。马克思的唯物主义是否彻底改变了他?他,从前的无政府主义者,他期待着什么?他想要什么?荣誉?报复他在美国受到的侮辱?是否暗藏着小资产阶级家族的旧恨?他是否梦想一个新的雅典?会不会出于对托马斯·曼令人羡慕的地位的嫉妒而追逐某些特权?……他想要什么?

甚至他的马克思主义也是过时的,他还在崇拜罗莎·卢森堡、卡尔·李卜克内西……得是头驴才会去找那样的老古董。还有,这种把标语牌摆放到舞台上的演艺激情,好像把观众都当作笨蛋。

汉斯走出博物馆,穿过一座桥。一幢贵族老房子,只有台阶还是完整的,窗台发黑。屋子里,荨麻在风中起伏。

他回到办公室,整理卡片,想着晚上要去看取代《安提戈涅》重新上演的《胆大妈妈》。接着,他盯着黑板看了很长时间,拿了一支粉笔,把小小的数字"2"换成一个大大的"3"。他写道:两次世界大战?不,第三次已经开始了,但是谁都没有留意……

他穿雨衣时,心里想,是啊,他要去监视的那个戏剧作家,从医学档案来看,他的心肌状况不大可能让他活过十年。

17

《安提戈涅》演出的相对失败使玛丽亚·艾希的形象暗淡下来。布莱希特改变了《原浮士德》①的角色分配,给了她一个小角色。他把大部分的时间都给了凯特·莱希尔。

这个年轻的女演员也为斯蒂芬·赫姆林领导下的《新德意志报》的文学增刊做编辑工作。她很有魅力。

正排练时,柏林新市长下属的两个警察来找布莱希特。

他们让大师上了一辆深蓝色的古董奔驰:山毛榉、桦树、松树、枫树、瓦匠和工地从汽车的挡风玻璃前一一掠过。

然后他们进了一座庞大的建筑。布莱希特在一个穿着褐

---

① Urfaust,或译为《原稿浮士德》,是歌德代表作《浮士德》的原稿。

色制服、盘着紧紧的发髻的女人的陪同下,爬上了楼梯。他走进
市长的办公室。成堆的传单。橡木的护墙板上挂着一个镜框:
一张乌布利希在莫斯科与斯大林的合影。

布莱希特结束这次会见出来之后,说:

"市长没有跟我说你好,也没有跟我说再见,他没有对我说
一句话,只让他的两个下属说。他只对我可能摧毁已经存在的
东西的某些不确定的计划,说了一句晦涩的句子。当然,阿克
曼、詹德雷茨基建议室内剧。当然也关系到节约措施。他们用
这种小资产阶级的行径来糟蹋我的耳朵:'民族的每一个人,都
要有自己的剧院包厢。'"

他补充道:

"我觉得自己被古里古怪地玷污了,几乎被贬值了。我头
一次感受到了乡下的恶臭气息。"

布莱希特显得越来越容易生气。他极不公正地责骂所有
的人,这一点不像他。在柏林出行需要越来越多的证件,他评论
事件的时候用了可怕的讥讽,玛丽亚·艾希一等他转过身,就
赶紧记在她的本子上。他与外界的关系、态度、游戏、成功、晚
餐、问题、未来:一切都变得灰暗。

就连柏林剧团的清洁女工说话也压低了声音。接着,他莫

名其妙地病了,不能参加作家大会。他写了一封信给大会主席。他在凯特·莱希尔、克劳斯·黑巴雷克和皮特·帕兹里奇的陪同下去了罗斯托克。他们在那里紧紧追随本诺·贝松导演的《唐璜》最后的排练。凯特热情高涨地参加讨论,她发言,表明立场,非常受欢迎。布莱希特发现她不仅是一个对他极为崇拜的迷人的女演员,也是一个聪明的合作者。他打了一个电话给玛丽亚,把情况告诉她。

改编自莫里哀的《唐璜》取得了巨大成功,玛丽亚因此失宠。她只不过是大师床头柜上方的架子上放着的一只性感花瓶。她是皮条客的玩具。她对自己重复道:"拉皮条的!""拉皮条的!""有脑子的拉皮条的!但还是个拉皮条的!"她完全知道眼下的情况不能归结为一句简单的辱骂。那些话,再粗俗,也不能避免她与日俱增的巨大失望。

她常常离开她的化妆室,沿着哈弗尔河闲逛;她靠抽小雪茄烟去感受自己的价值。她想象着她的柏林生活最美好的画面。新闻媒体使用阴险伎俩,试图让人以为布莱希特是形式主义者,她知晓其中的利害,不能袖手旁观,报告越写越多。她努力向汉斯提供更为详细的信息。这些记录都变得对布莱希特不利。几个月前,玛丽亚还认为柏林剧团里是一群天真得以为能教育人民的乐天派,现在她也开始抹黑他们。她强调布莱希特亲信之间有矛盾,爱吹嘘,见风使舵。她体会到了揭露秘密、玷污名誉的龌龊快乐。别人把她当傻偶?等着瞧……她的笔记尖锐、准确,把布莱希特、他的作品、他的对话,变成了利用雄辩术谋取特权的小资产阶级享乐主义者的胡言乱语。她描述他站在讲台上,盘算着如何向达官贵人的妻子献殷勤,如何耍花样违抗作家联盟的指令。她甚至交出了几首诗歌的草稿,布莱希特在诗里承认,由于缺少灵感,他的脑子里只吹着虚无的风……

汉斯·特劳读这些记录的时候感到不自在。他把它们另外归档,以这样或那样的借口,更加频繁地去柏林剧院,以便核实情况。他在行政办公室里晃荡,走走,听听。他出现在科赫广场德国美术学院高大的玻璃窗后。抓住时机复出的老演员们抱怨布莱希特的方法。大家提到他与西德的一个出版商之间的协定,在高尚的、解放无产阶级的斗士心中,这种调情说爱、故作风雅的气氛,实在丢脸。

一个从波兰来的年轻女演员,穿着海军衫,长发齐肩,在一天下午进了玛丽亚的化妆室,对她说:

"您曾经是他的情妇吗?"

"我现在还是。"

"据说他有过很多情妇,现在也有很多。"

"是的。"

"您有没有对他不忠?"

"没有……"

她于是宣称道:

"我,我可以跟任何人睡觉,我不在乎。被老头摸还是被年轻人摸,我都无所谓,只要他珍惜我,给我钱。毕竟,钱是唯一能够知道一个男人珍不珍惜您的方法……"

"我觉得您这样说不好。"

"等您进了棺材被虫子吃掉的时候再说吧。再说,您的化妆台就是您的棺材。您一生有过多少情人? 肯定挤破了门吧。"

她又补充道:

"您有个孩子?"

"是的。"

"我也有个孩子。把我的小男孩带进这个破旧的、白痴的、喊着愚蠢口号自命不凡的社会,叫我心烦。"

同一天晚上,玛丽亚没有到海鸥俱乐部找布莱希特,而是沿着施普雷河走。驳船,连成一线的其他街区的灯光,不受约束的疯狂生活。狂热的感情。

她梦想着到希腊的一个岛上洗澡,梦想着去见她变得善良的，坐在长椅上晒着温暖太阳的年迈的父母亲。她心想，她的脚步不再留下痕迹，她的影子沿着墙壁缩小，她的内心世界变得空无、虚幻。她多想在闪烁不停的波浪里失去知觉，变成海藻。她找到一处地方躲雨。她听雨的样子，与她从前在维也纳周围的郁郁葱葱的丘陵听雨完全一样。一扇古老的门吸引了她，让她想起了少女时代的花园。她脸上感觉到了树林的清凉。一只锈迹斑斑的旧取暖器暂时成了她的伴侣。她思索着布莱希特是否有灵魂，是否有过童年，她在他身上看不到任何痕迹……

西德和同盟国占区发表了咄咄逼人的公报。宣传来势凶猛，生硬，粗暴。西德报刊对东德领导人猛烈攻击。天主教会，尤其是慕尼黑和罗马那边，火上浇油。暴风雪再也掩盖不了军事飞机不停地起飞降落。社会主义精神被美国人豢养的社论作者们丑化。东柏林各部官员们表现出令人不安的热情。大家滔滔不绝，讨论着列宁主义认识论在德国舞台上是否受到尊重。加强跟踪，拆开信件，监听电话。玛丽亚在这场重启的宏大政治运动和高涨的革命热情中，觉得自己又有用处了。"用一颗越来越炙热的纯洁的心"，她尽职尽责，跟布莱希特上床时显得很老到，献身、拒绝、委身，兴奋地记下他说的每一句话。

她的情报工作让她心情极佳，给了她某种奇怪的快乐：她苦涩地感觉到参与告发的乐趣。当她透过打开的窗户,听到乌鸫在厨房附近歌唱时,她便与它们合唱。它们从一个枝头到另外一个枝头,也在互相告发。国家的本质,她的工作的本质,伟大的原始大自然以同样的激情工作着。荣誉……自豪……美德……乌鸫……她提供的情报给这个新的国家带来了欢乐。历史、人类和鸟类边唱着歌边摆脱了腐朽的旧世界,歌唱着从旧秩序的废墟上诞生的新秩序。

她觉得自己是其中的一只乌鸫。

布莱希特,他,同时与三个迷人的女演员交往。看到玛丽亚的心情如此好,他很高兴,送的小礼物越来越多。他一大早起来,一边热着茶,一边唱着歌。有一天早上,他对她宣布,他邀请她到他位于布科的房子里度过整个夏天。玛丽亚把消息记下来,加上日期,转给了汉斯·特劳。这一切最后落到国家安全部手里。

一个警卫走进宽敞、明亮的圆形办公室,沃劳将军(代号)笨拙地站起来,低声埋怨着拿过笔录。啪的双脚并拢声。他不快地挥手把警卫打发走了,门关上后,用他的食指撕开信封,取出文件,噘着嘴浏览着。西德的衰弱,西德的没落,布莱希特满嘴说的都是这些。他迅速地读了一下,然后打电话给奥托·格罗提渥部长。他掌握了贝托尔特·布莱希特玩弄鬼把戏的证据。布莱希特？无产阶级专政的对手；他是分裂国家的人，这个国家需要空前团结一致，对抗美帝国主义侵略。其实，他更想跟克雷将军说话，而不是被迫读关于布莱希特和他那帮人的报告。

布　　科

1952

1

1952 年 2 月,布莱希特和海伦娜·魏格尔看了沙米策尔湖边一块很不错的地皮,距柏林一小时。高大的古树,树荫下一座简陋的小房子。更高处有一座宽敞的白房子,褐色的屋顶,一扇很大的直角落地玻璃窗。还有一个铺了地砖的内院,一个暖棚。这个地方立即让他们想起 1933 年丹麦斯伐保斯海滨村的房子。

布莱希特喜欢这座被松树和野玫瑰环绕的房子,还有灰色的湖、小径、旧长椅、暖棚。

魏格尔住进了居高临下的宽敞的房子,就像她进驻柏林剧团一样,为了接待、活跃气氛、思考、决策、写作、统治。

他选择了靠近湖的褐色砖头小屋。

1952 年的整个夏天,魏格尔负责发邀请。组织内务,更换床单,准备菜单,叫人给家具打蜡,给厨师下命令,她十分在行。玛丽亚·艾希住在小屋里。清凉的早晨,湖光闪烁,她看着大师工作。

布莱希特一早就趁着凉爽工作。玛丽亚在门口离暖棚不远的地方,或靠在松树上读《科利奥兰纳斯》。布莱希特找到了一张旅馆的桌子。两个人一起重新油漆了桌子的铁脚和两张户外扶手椅。布莱希特读贺拉斯的一本书,延长他的午休时间。但是他觉得这本书对那些蹩脚的诗人太仁慈了,完全跟他一样,布莱希特觉得自己身边围着的参谋、戏剧家、诗人极为糟糕,他们改编的作品呆头呆脑。

"他们进入诗歌节奏的方式,就像一头奶牛走到一个坑里。"他对玛丽亚说。

他认真地阅读《每日评论》和《新德意志报》,以便了解谁将受到攻击。艺术科学院? 他的亲信? 他?

玛丽亚喜欢到储物间拿旧船上的桨,插入桨孔,沿着芦苇丛划行。她经常敲挂在走廊里的气压计。海伦娜·魏格尔问她:

"怎么样,一切都好吗?"

"都很好。"

"天很热……"

"走廊里有二十一度。"

"您看上去很热。"

"不,还好。"

"不,您很热……"

"您喜欢这里吗?"

"……"

"您好像很无聊。您要不要我给您的床上换床单?"

"已经换过了。"

布莱希特在他的藤条扶手椅上睡着的时候,愈来愈频繁地梦见他的父母。他父亲枯燥的声音,他母亲清晰的声音,他母亲全神贯注地为他朗读路德。

他睡着的时候,玛丽亚取下大师的眼镜,透过镜片观察着,偷偷地想着她用天才的眼睛将会看到什么。她看到的,只是石板、草、暖棚前魏格尔站着不动的身影。她带着骄傲的含蓄微笑着。玛丽亚放下眼镜,走开了,想着如果要打"紧急电话",都没人可以打,她跟谁都没有联系。汉斯还在柏林吗? 布莱希特沉沉地睡着,深度心脏疲劳。奥格斯堡的路出现了,苍白,漫漫长夜,雨燕贴着树梢飞翔,预示着暴风雨将要来临。还是孩子的布莱希特问:

"天上有什么?"

"天堂。"

"你肯定吗?"

"绝对肯定,贝托尔特。"

"跟我弟弟华尔特说的相反。"

稍后,等一部分暖棚的玻璃在阳光下变得阴暗下来,布莱希特的背微微地从扶手椅上滑下来时:

"你进来! 你进来吗,贝托尔特?!!!"

"我弟弟华尔特呢?"

"他带着领带,他很干净,他洗手! 他整理他的房间! 他很小心,他的房间不再乱七八糟!"

"不,我不进去。"

布莱希特醒来时,蓝色的天空已经变成黑色的了。颤动的天空,夏日的花园美不胜收,生机盎然,欣欣向荣。他什么也抓不住,他突然感到恐惧,留给他的时间不多了,世界消失了……没有意义的时刻,翻覆、动摇、飞逝而去。他只看到玛丽亚的泳衣挂在栅栏上。他想要得到清凉的手臂,一个散发着未来气息的清凉的躯体。他在幽暗的水里游着。虚无在湖的四周汩汩流淌。

黑暗、窸窣声、低语声。天上之水,湖中之水。小路与大树。

每天晚上,玛丽亚和贝托尔特都向同一个篱笆走去。田野平缓地呈现在眼前。波浪起伏的草丛,茂密的树篱,黑色冷杉树的树冠。湖面波光粼粼。云缓缓散去,高海拔处似乎有强气流。

有一天晚上,玛丽亚和他在环湖路上散步,玛丽亚看到一辆灰色的奔驰。它在篱笆的影子下慢慢地行驶着,让人想到警察的巡逻车。玛丽亚辨认出车里的三个脑袋,其中有特奥·皮拉,但是,尽管很吃惊,她还是继续说着《科利奥兰纳斯》的角色分配和新的排练。她只是偷偷地看了布莱希特一眼,有些不安。他假装听她说话,她假装对他说话,然后,他突然打断了她,转身对着她说:

"我们浪费了我们的时间!"

后来,他爬上通往阁楼的小木梯。他在阁楼里放了一张狭窄的书桌,伏在上面用蓝色粗铅笔写铭文。他透过一扇厚厚的小玻璃窗,看着花园。

那天晚上,他写道:

> 立于书桌之上,
>
> 我透过窗户,在花园里,望见接骨木。
>
> 我辨出红色与黑色,

忽然想起童年奥格斯堡的接骨木。

好几分钟,我非常严肃地思考

我是否去拿

桌上我的眼镜,

好再看看

红枝条上的黑浆果。

2

入住古树环绕的美丽居所的惊喜过后,玛丽亚迟钝起来。
她处在一种奇怪的精神状态中。她觉得自己与现实越来越脱
节。她的房间靠北,很潮湿,正对着满是蚜虫的树枝。夜里,她
呼吸着发霉的空气。连续三天的大风带来了大片灰色的、含水
汽的云。风把树叶吹得东倒西歪。

当然,她依旧被当作红人;当然,她在克莱斯特的《破瓮记》
里的表演引人注目;当然,她觉得自己与穿着旧毛衣、保持着活
力和清新的露特·贝劳很亲近。而且,露特给她扮演的头戴白
帽、身着农妇裙的夏娃,拍了一张非常漂亮的照片。

通常,一大早,她趁着晨雾与阳光之间的间隙,溜进走廊,头
上包着头巾,胳膊下夹着小说。她藏在暖棚老化的花盆和被杂

草包围的植物之间。她拿一张花园的椅子,放在一块毛糙厚实的标志牌的正下方,标志牌投射在瓷砖地上,变成一道波光。

她从那里监视着布莱希特身边的来客:德累斯顿的演员、女大学生、保尔·德骚……她待在那儿,对盯着布莱希特问个不休的一群年轻女人胡思乱想。

他礼貌而厌倦地听取意见、问题。她也从他那里学会了永远保持亲切,这种亲切让人掏空心里话,也能让人绝望的时候却面带完美的笑容。在她写给汉斯·特劳的各种报告里(一星期两份),玛丽亚·艾希忍不住对夜夜觥筹交错的时候再度提起的布莱希特的过去大加评述。

她给汉斯·特劳的报告有一半以上都是关于好莱坞,关于这个"受到舒适生活影响"的美国工人的插曲。她因此迷失在各种奇怪的细节中。她通过不同的证人,讲述了三遍布莱希特与报界、电台、电影界同仁一起出现在反美活动调查委员会面前的经过。她描述他宣读了他的教学剧本。她甚至找到了一些美国报纸的剪报。她用柯达皮腔小照相机把它们拍了下来。她不知道另一个女演员已经为汉斯和他的情报部门提供了复印件。

她写了一份很长的回忆录,描述罗斯福当选总统的那天晚上,布莱希特在一个朋友的别墅里,手里端着杯啤酒,穿梭于穿着"晚会"裙的女人之间。只有格劳乔·马克斯和查理·卓别林聚在收音机旁,以了解选举详细结果。玛丽亚还用了两段文字去描写查理·卓别林,以及他对布莱希特,尤其对戏剧《潘蒂拉老爷和他的男仆马狄》的重要影响。喝醉了的老板变得有人性,爱他的工人,接受他们的要求;早上,空着肚子,他又恢复了可憎的面目。这个想法,他是从卓别林的《城市之光》里借来的。

汉斯·特劳寻思着玛丽亚对情报的热情是否隐藏着她对布莱希特秘密的、带着朦胧爱意的虔诚。线人的"我听您说"很容易变成"我理解您"。最近的报告让人产生这样的想法。况且,把玛丽亚的报告跟其他线人的记录一比对,得出的结果是,布莱希特应该在深更半夜写"高度机密"的文章,没有透露给他任何一个亲信。他快活地对所有人撒谎。不知道他是怎么让某些诗歌消失的。钱流向苏黎世银行⋯⋯

汉斯·特劳曾告诉玛丽亚要留意,要到阁楼里、浴缸后看看,要增加意外见面的次数。但是疑问依然存在:玛丽亚·艾希有没有进入布莱希特仰慕者的圈子里?用不断比对证据的方法,汉斯·特劳得出结论,如果说诱惑布莱希特的行动失败了,他的智慧光芒倒是完全焕发出来,影响着玛丽亚。

特奥·皮拉,他,拒绝把玛丽亚的报告当回事。但是,有一天,他的注意力被她所描述的东西吸引住了:布莱希特,有一天晚上,喝着法国白兰地佳酿,诙谐地谈论安娜·西格斯,然后,情绪激昂,把柏林——整个柏林——称作是"巫婆们夜里的聚会,柏林的集市上方缺扫帚的柄"。特奥走出办公室,把记录放到他上司的鼻子底下。

"您会喜欢的,汉斯……您听见了吗?柏林,'巫婆们夜里的聚会'!……"

"我们的一个线人宣称布莱希特写了好几首反对乌布利希和格罗提渥的加密诗。"

"您相信吗?"

"当然。"

汉斯把一些接触印相摊在大理石上,"照片中的照片"。照片中的布莱希特与情妇露特·贝劳在芬兰,容光焕发,那时候的露特·贝劳拥有前所未有的快乐。从照片上看,她在一个桦树林里,一个野营帐篷前,穿着泳衣站在海边,位于一个陌生的村口。微微敞开的衬衣,浅色的运动短裤,豪华的发型,光彩照人的幸福面孔,丰满的屁股,每一张照片都令人心慌、兴奋。散发出来的兽性的肉感。如此美丽的夏天,如此美丽的年轻女人。一切都让人想起色情的疯狂。

玛丽亚甚至记录道,布莱希特用圆珠笔在一张照片背后写道：“我的根给你的王国！”

岁月在布科悠然流淌。灰暗或明朗，阳光明媚或暗淡无光。
布莱希特的脸色越来越白，他下垂且外突的脸颊越来越厚，他
的脚步越来越沉重。汉斯受到多多少少有些价值的情报的轰
炸。不过，玛丽亚抄了布莱希特清晨六点在阴沉沉的湖边写的
一首诗后，汉斯确信她有了进步。这首令她中意的诗，后来恰恰
就成为起诉这位人民艺术家的主要证据之一。

> 德国啊，你四分五裂，
>
> 你家中不止有你，
>
> 黑暗中，寒冷里，
>
> 各个想着忘却对方。
>
> 你会拥有锦绣平原，
>
> 还有无数繁华都市。
>
> 如果你信任你自己，
>
> 一切都将易如反掌。

国家安全部的情报部门便抓住了极重要的证据。这首诗，
附在汉斯·特劳的报告里，一直递到了党的第一书记那里，他

把这首"秘密"诗给格罗提渥看。格罗提渥将其归为一个流亡
太久而满腹牢骚的艺术家的讽刺表达。

报告留在一只抽屉里。有一天是要拿出来派用场的。一旦
柏林剧团的表演让所有的柏林工人打哈欠,诗歌就会被送到莫
斯科去。

3

汉斯·特劳和特奥·皮拉坐在马厩的影子下。他们监视着湖面。远处,在灼热的空气里,布莱希特和音乐家保尔·德骚坐在花园桌上放着的乐谱前,正在聊天。几个演员围着他们。

特奥低声道:

"我看见他了! 我看见他了!"

汉斯坐在一个树桩上,把一片萨拉米香肠放到黑面包上。

"我看见他了! 我看见他了!!!"

的确,布莱希特在那儿,他的雪茄,鸭舌帽扣在鼻子上,活脱脱一个准备午睡的老爷爷。

"他很累,不是吗?"

透过明亮的焦点,特奥看见胡飞乱舞的昆虫,好似树叶丛里的金色微粒。他丢了布莱希特,然后又找到了,掌握不了这副庞大的望远镜的焦距。光晕、照明、精心吞噬一切的逆光、光影,他终于稳定住。

"他状态不佳。"

"他们在听他说话吗?"

"不在听。"

"他甚至精力衰竭。"

"严重吗?"

"很严重。"

"他们在干什么?"

"他们在看着他。"

"他呢?"

"他在说话;他正在说话,别人在听……"

"把望远镜给我。"

"看到那些家伙相信他说的话,真叫我难过。"

"他给他们灌输一大堆废话、理论,让他们放心。"

"谁?"

"演员们。"

"我怀疑他们不是真的演员。"

"什么意思?"

"谁都不是完美的演员。"

"他说话时没有举起胳膊,你注意到了没有?"

"他用专线跟上帝对话。平等相待……"

"他玩扑克很厉害。"

"这种望远镜把我的眼睛累死了。我更喜欢海军的望远镜。"

"你觉得大家都崇拜他吗?"

"是的。"汉斯回答说,"把望远镜给我。"

昆虫在客人身边嗡嗡作响。汉斯发现一个俏丽的女子,演员凯特·莱希尔,然后又在光晕里找到了玛丽亚迷人的、雪白的脸蛋……他看了一看布莱希特没有刮过胡子的脸颊,更确切地说是下垂外突的脸颊。他扫视了一下年轻演员们的脸。他怀念起他在莱比锡学法律的时候,年轻人聚集在一起的时光,他们之间的讨论、亲密、推搡。

特奥从他手里拿过望远镜,开始调节视线。然后,在默默地凝视了很长时间后,他说:

"啧啧……"

"怎么?"

"他们两个人一起走了。"

"让我看!"

"嗯。他们两个人一起走了……他们想藏起来……"

"让我看。"

"的确,他状态不佳。他走路有困难……"

他的视线跟随着正顺着小溪溜进高大树林里的玛丽亚和贝托尔特。他们的身影在树叶丛下隐约可见。

那对人停了下来。布莱希特在说话,停下脚步,摇晃着两只胳膊。景象被阳光破坏了。

特奥把望远镜给汉斯。

"我什么也看不见。"

"他们在树叶丛下,看他们的脚。我喜欢!……下流胚!……"

他低声疾语道:

"我只看到他们的脚,但是我想成了……太精彩了!……"

"什么?"

"他们很快活。"

"你看见什么了?"

"什么也没看见,只看得见玛丽亚的红裙子。她的后颈美极了。"

那对人消失在橡树林里。

"行了,"特奥说,"请你把望远镜还给我。"

"绝对不行。"

4

她喜欢这灰蒙蒙的天气,略显沉寂的湖岸,红棕色的岩石,茂密而死气沉沉的一排排绿色植物,在微风中波澜起伏的草丛,翠绿色的苔藓。云静止不动,在天际变得极为明亮,让人觉得它们自己会发光,将温柔播撒到四周的丘陵。院子里的椅子,晒在窗台上的帆布鞋,矮墙和它的野蔷薇,热石头的气味,橡树阴森的抖动令人眩晕,消失于天空的一角……

玛丽亚弹了弹走廊里的气压计,看着指针摆动。

一个星期天,卢卡契·格奥尔格来看布莱希特。玛丽亚看见他们沿着湖边的小路走向芦苇丛。海伦娜·魏格尔穿着优雅,白色的尖领衬衣,碎花背心,波斯图案的靛蓝色裙子,漂亮的系带帆布鞋和一块布莱希特最近送的小巧的瑞士表。她去木

屋那边采草莓,后来,卢卡契和布莱希特也是在那里喝茶。他们
谈到某个没有名气的蹩脚作家,根据贝托尔特的说法,他翻译
贺拉斯时候的节奏感,像"一头奶牛走到一个坑里"。他们谈论
歌德的《浮士德》,谈论《科利奥兰纳斯》,开始研究莎士比亚。
卢卡契把屋里的一张桌子拖到阳光下的草坪上。他说话的时
候,布莱希特看着这个魁梧的男人和他巨大的眼镜、他的衬衣、
他的短袖、他粗糙的手指,心想,二十年来,这个马克思主义批评
权威从来没有停止过对他的攻击。魏格尔却邀请了他……布
莱希特打开本子,记下对《科利奥兰纳斯》的几点想法,同时心
里在想:这个迷恋颓废问题的卢卡契,一窍不通。于他而言,阶
级斗争不过是一个空洞的问题……

　　接着,近午时分,院子里的桌子上烟雾缭绕。布莱希特谈论
着蔷薇。魏格尔拿来一篮草莓,开始清洗,并把草莓梗去掉。布
莱希特的雪茄在桌沿上独自冒着烟……高处的云很友好,没有
进入湖中央。

　　特奥·皮拉在谷仓里监视着这一屋子人来来往往。玛丽
亚在屋里试着魏格尔的裘皮大衣、手镯、耳环、狐狸毛领。她打
开一块手帕,闻闻上面的薰衣草香味。她随后去了森林,闻着树
脂的味道,她接着脱掉衣服,穿上泳衣,跳进绿色的水中。她的
跳水没有转移布莱希特和卢卡契的注意力。卢卡契把他在莫

斯科买的巨大眼镜的一只脚含在嘴里。布莱希特看着烟灰缸
着了迷。细细的烟袅袅上升，螺旋状、圆圈形，再破裂。只剩下
烟灰。他的长子死在苏联前线，玛格丽特·史蒂芬死在莫斯科
的一家医院里，所有死去的演员和今天还活着，患结核病的，在
柏林剧团的走廊里的那些演员……希特勒把他的国家变成了
灰烬。和平主义在东德和西德都不被看好。烟灰缸继续冒着
烟。布莱希特把它递给游泳回来的玛丽亚，她把烟灰倒进垃圾
桶里，不知道一铲铲的烟灰开始充斥布莱希特的头脑。

下午，热气上升。湖面波光粼粼。两个情报官员用他们的
望远镜扫视着风景。

汉斯，他，观察着布莱希特的脸，下垂外突的脸颊、略微厚实
的下唇。布莱希特像所有那些佝着背的小老头，坐在村口的长
椅上昏昏欲睡，目光空洞。汉斯忍不住盯着这张迟钝臃肿的脸，
头发稀疏，短短的刘海梳向太阳穴，让人想起某个被淫乐耗尽
的罗马皇帝。他心里想：一个面具。

从玛丽亚和布莱希特之间细微的头部动作来看，他们的关
系，有着玛丽亚不想承认的亲密。在望远镜两个蓝色的圆圈里，
似乎都听得见他们以你相称，听得见他们的快乐，布莱希特保
持距离，很安静，但是对美丽的维也纳女人的诱惑并非无动于
衷。她到现在为止一直很少说话。

到这个时分，一切都静止了，风停了。玛丽亚回到了小屋里。她在与布莱希特房间相邻的盥洗室里，在一堆挂在衣架上的灰色上衣中间，摆弄着一只保险箱的小密码锁，然后她取出一堆文件。把纸张放在狭窄的窗户被堵死的窗洞上后，她拍了照片。布莱希特整齐的字体，蓝色、浑圆……

在冷杉树后，能听见远处的树林传来合唱巴赫《赞美诗》的童音。玛丽亚感到有人在，似乎有影子在移动。她紧贴着墙壁。没有任何动静，于是她仔细地把纸张放进灰色的保险箱里，弄乱密码，摇动照相机的手柄，把胶卷倒回去，然后把照相机装进皮套子里。她把柯达相机藏到她堆在帆布箱底的披巾下。她出来时，天气异常潮湿；魏格尔，坐在橡树下的一张长椅上，用一支红铅笔做填字游戏。蜡烛的火苗跳跃着。

她问：

"您要喝茶吗？"

"不喝，谢谢。"

海伦娜·魏格尔闭上眼睛。接着又张开眼睛问道：

"您不觉得今晚很美丽吗？"

"非常美丽的夜晚。"

她补充道：

"在一个非常美丽的地方。"

"您熟悉布科吗?"

"一点也不熟悉。"

"大家把它称作勃兰登堡的瑞士。"海伦娜·魏格尔说。

"真的吗?"

"是的,勃兰登堡的瑞士……"

一阵沉默之后,海伦娜·魏格尔说:

"什么?"

"我没说什么。"玛丽亚·艾希回答说。

"我以为您说了什么。"

"没有,我没说什么。"

"您觉得凯特·莱希尔怎么样?"海伦娜·魏格尔问道。

"她很有魅力。"

"是的,我觉得也是。"

传来在保尔·德骚指挥下练习巴赫《赞美诗》的童音。

"多美妙的地方。"玛丽亚·艾希说着把裙子提到膝盖上。

"是的。"海伦娜·魏格尔说。

"您困了吗……"

"不,一点也不困。"

沉默了很长时间,歌声停止了。

"布莱希特在干什么?"海伦娜·魏格尔问。

"他在读贺拉斯。"玛丽亚·艾希说。

"他假装的。"

"不,他真的在读贺拉斯。"

"他读的,是些美国警匪小说。"

"美国的? 我以为他喜欢英国的。"

"美国的。"

沉默不语。

"您觉得凯特·莱希尔能演好《原浮士德》吗?"

"肯定……"

"那么她能演好……"

"布莱希特认为她能演好。"海伦娜·魏格尔说。

"那么她能演好。"

"但是您个人,"海伦娜·魏格尔问,"您觉得她好吗?"

"不觉得。"

"多美丽的夜晚。"海伦娜·魏格尔说。

5

　　为什么汉斯·特劳好几夜总做同一个梦？他走在一节铺着蓝色天鹅绒、有着白色球形灯罩的火车餐车里。菜单是用俄语写的，疾驰的火车开往莫斯科。他喝着咖啡，一个苏联士官，穿着可疑的制服上装，突然坐在了他的对面，向他宣布他父亲死了。

　　"可是我父亲死了六年了。"

　　"不，他是今天早上死的。"

　　火车有节奏的声音，让人觉得它行驶在尸体上。士官记下了汉斯的反应，抬起眼睛看着他，对他说：

　　"您对您父亲的死毫无感觉吗？"

　　然后他走了，汉斯忍不住想到他去赴一个凄惨的宴会，他要融进铺天盖地的官方标语中去。东德的所有城市都在追逐标语。人人关心道德,人人想织出鲜红的新布,去掩盖红色的纳粹卐字旗,急于前往新标语铺天盖地的莫斯科。汉斯心想,莫斯科的神把他们的愤怒引向柏林。他问自己,好比特洛伊的柏林,会不会第二次被摧毁?随后他醒来了,心想,翻阅《安提戈涅》、重读玛丽亚的报告、审查布莱希特的备忘录,果然让他沉浸在希腊悲剧的抱怨与愤怒中。等他重新入睡,他又到了火车上。他穿过大草原的团团迷雾,进入黑暗中。隧道,冲刷成沟的土地。雪原。光秃秃的森林。棉絮般的天空下废弃的电线杆,孤独的悬挂电缆。修葺中的桥梁:莫斯科近在眼前……

他快喝完咖啡的时候,苏联士官回来了,把帽子放在桌子上,说:

"我们弄错了,您的父亲的确六年前就死了。对不起。"

汉斯听见纳粹德国冲锋队上楼去他父亲书房时沉重的靴子声。

铁轨的曲线让人可以看到宏伟的苏联火车站。穿着制服的人群唱着歌,包着头巾的女人们送上一捧捧的花,美味的白面包送给柏林的汉斯·特劳"同志"。

醒来时,他嘴巴黏糊糊的,他记得其他的女声合唱。那年他十八岁,位于梅克伦堡的他的村庄的女人们看着他爬上积雪覆盖的丘陵,庄重地扔掉萨克斯管。他扔掉了他没有音乐才能的象征物。整个村子都在看着他,他的母亲和父亲也在看着他。

沮丧。

他抡着萨克斯管,大吼一声,把它扔到被雪覆盖着的一堆垃圾上。冰冷空气下的景色闪闪发光。他永远成不了伟大的音乐家。

为什么汉斯近来脑子里满是他出生时的房子? 高高的房间,冰冷的空气,潮湿的床单,打了蜡的简易木头床,寂静,在壁炉里噼啪作响的火苗和起泡的墙纸。

午夜过后,潮气袭来,他仿佛被困在裹尸布里,意识过于敏锐,感官警醒,四肢僵硬,他有时去敲母亲房间的双开门。她正在一张木桌子上写东西,面前是一盏老式陶瓷灯。她从来不拉上厚重的窗帘,远处闪烁着几个亮点,不知道是从哪儿来的。汉斯的母亲写着,在成沓的纸上加注,而他,汉斯,继承传统,把他的一生都耗在了纸堆里,耗在了深夜的储藏室里,耗在了失眠熬夜中,远离白天嘈杂的平庸,回到他意识与孤独的光辉中来。

他真想把这一切都说给玛丽亚听,他在沙地里的漫步,平坦得只剩下几根闪光的线条的景物,荆棘遍布的地方不真实的轻盈,几近透明的柳树,以及让人觉得哪儿也不去了,却在漂浮的静止中隐藏神秘信息的淡淡的云。他真想把这一切都说给玛丽亚听。

为什么,从他认识她起,他就常常回来行走在杨树林里秘密的斜坡上?仿佛要恢复隐秘的关系。为什么他重新打开玛丽亚的档案和她那些没有任何新意的机密报告时,他会想起童年的那些地方?

他回家时,在空荡荡的田野那破败的宁静的陪伴下,行走在夜幕下的柏林。单调的梅克伦堡的沼泽,欧石南丛生的潮湿阴暗区域,一切都回来了,令人吃惊的强烈和精确,都与玛丽亚有关,甚至那股沿着船闸不断渗出来的细流:他在无聊中打开了一个秘密的空间,低语着重要的、隐藏的东西。为什么桦树细长的轮廓挥之不去,好像那就是玛丽亚的身影?

多沙地区的丘陵,把漫长的夏天一分为二、像路一样笔直的运河,他的母亲和他的父亲的声音都回来了,低哑,近在咫尺。

6

特奥·皮拉走进柏林的办公室,脱掉帽子、雨衣,在桌上放了一份新的通知、一张盖了几个章的崭新的通行证,油腻的墨迹还在闪闪发光。

"瞧!允许发行的报刊名单又拉长了。"

上面写着:"贝托尔特·布莱希特目前在布科工作,马克·贝尔格兰德,航路街29号,他应该把以下报纸和杂志名单带到那里去。"在德国报纸的旧名单上,增加了《时代》《新闻周刊》《生活》《世界报》。

特奥·皮拉还拿着一个从舒曼大街中心来的褐色信封,从里面抽出一系列报告,信息来源签名伊索。除了用简短的强烈措辞质问布莱希特是否掌握着一个名叫奥托·卡兹,可能是托洛茨基叛徒的共产国际间谍的电话号码以外,还有两份报告,是布莱希特五月份做的心电图,公立医院的穆勒雷医生交来的。布莱希特只有几个月可活了。接着,特奥·皮拉拿出一份三页纸的报告,是用英语起草的遗嘱草稿。

"为什么是英语的?"汉斯问。

"盎格鲁·撒克逊的富豪。"特奥开玩笑说,"不管怎么说,他把东西全部遗赠给海伦娜·魏格尔。你看日期。"

"五月十八号,他做心电图的第二天……"

汉斯翻着纸张。他的女儿芭芭拉继承布科的房子。他的儿子斯蒂芬继承在美国上演的戏剧的收入。

"他的钱只够给自己买顿饭吃!"

他的合作者露特·贝劳会收到五万丹麦克朗,条件是用来买一幢房子,等她死后,房子还是归海伦娜·魏格尔……

特奥端着两杯咖啡回来的时候,汉斯已经看完了。

"玛丽亚·艾希什么都没有?"

"是的,什么都没有。"

"压根没有提到她的名字?"

"压根没有。"

"玛丽亚·艾希什么都没有?"汉斯重复道。

隔壁办公室里的打字机飞速地嗒嗒响着,接着是压低了声音的窃窃私语。

特奥脱掉外套,解开衬衣的领子。

"布莱希特的心电图说些什么?"

"动脉整体硬化,房室瓣和主动脉瓣硬化……"

"他有没有可能治好?"

"如果他不动,不做爱,不生气。"

"真奇怪。"特奥说。

"为什么?"

"……很多他这个年龄的人浪费最后的精力试着做爱,压迫别人,编造荒谬的故事。"

"他以艺术的名义去做这些。"汉斯解释道,"你不喜欢艺术,特奥?"

"我不反对……"

"但是你也不赞成。"汉斯纠正道。

"艺术家,是些不想长大的人……"

"当我想到什么都没有留给她……"

汉斯又拿起遗嘱草稿,然后合上了文件。他把它塞进了特奥的公文包里。

"你把它放到平常的那只旅行包里。"他说。

他的手开始发抖,两个男人对视着,特奥问:

"你有没有再见过她?"

"没有。"

"你想她吗?"

"想。"

特奥拿起他的皮公文包,说,乌布利希据说应该会在这一两天得到西班牙老兵奖章。另外,与布莱希特合作的年轻人,马丁·波尔,把布莱希特写诗的方式掌握得炉火纯青,以至于他一方面被鼓励去模仿,另一方面又受到监视。大师死后,他的才能可以派上用场。他得到特权,可以带着好莱坞买的打字机在柏林走动。还有传言说九月初有安全检查,莫斯科发来的信息比平时多。

汉斯觉得很孤单,仿佛在朦胧的雾里;他的生活变成了不真实的东西。光辉前途的许诺渐渐远去,相反,过去却令人担心地浮现出来。他又看到了他父亲和那些人上楼时他不抱幻想的微笑,沉重的靴子声、急促的叫声、惊恐的女佣们和一个对儿子微笑的父亲……

"你认识他吗?"

"谁?"

"马丁·波尔。"

汉斯跳了起来。

"噢……不认识……"

"我跟你说话不妨碍你吧?"

"不。"

"我明白了。"

"他的照片已经在办公室里传了一段时间了,我们试着了解他在莱比锡干什么。"

"谁?"

"波尔啊,马丁·波尔……"

"啊。"

"你还好吧?"

"是的。"汉斯说。

"你不会是有点紧张吧?"

"是的。"

"你知不知道什么对你有好处?你开上车,拿上毯子、望远镜,去布科。就是一次例行的侦察,监视你的保护人。我喝你的咖啡你不介意吧?"

"不。"汉斯说。

7

黑色的奔驰驶入伸着双臂的人群中,一片黑色制服的海洋,深红色的袖章,然后是络绎不绝的褐衣纳粹冲锋队员。慕尼黑,在他流亡之前,已经是那么遥远……布莱希特醒来了。他听见雨声滴答。他看了看闹钟。灰色的微光充满整个空间。房间沉浸在这日末时分的光线里,光线漫射,仿佛灰暗交错的地毯;书桌上是椴树的影子。订书机、纸篓和他的木板条。他很喜欢让午后溜进他的行动、他的图画、他的时间里。他检查玛丽亚放在扶手椅上的裙子、编织腰带和小徽章,她的淡灰色的衬衣,院子里的说话声,像写满了字的亮丽的明信片一样的记忆,游泳,笑声,圣莫尼卡的凸肚窗……厨房门花岗石纹的绿色影子……

他在起草给柏林边境警察领导的信。他抱怨柏林与布科之间哨卡的检查越来越频繁,尤其是在霍珀加滕。手续烦琐,核对证件,带美国打字机出行所需的特殊许可,汽车后备厢里的报纸,他的合作者露特·贝劳的摄影资料。他尤其抱怨德国警察非常特别的粗鲁语调。他要求改变对他说话的语调,不再没完没了地打开汽车后备厢、检查证件,他写道:"护照是一个人最高贵的部分……"他这样结束他的信:"请不要误解我,我不批评检查的有用性。"然后他签上名:"致以我这个社会主义者的敬意。"

乌布利希和他那帮人的吹嘘背后,是德国独一无二的官僚主义的无能,疯狂的绝望与思想监控交织在一起,同样的游行,同样的平庸、粗暴、怀疑、堕落;从《浮士德》开始,一直到慕尼黑的酒馆,是同样的纵酒作乐;如今,在麦克风面前的吹嘘也没有变化,新的思维方式完全是对旧思维方式的复制,极为小资产阶级的大众不懂得辩证,只想要传统。没有革命起义,没有情欲热火……

影子在天花板上抖动着。其他那些夏天突然出现了。海伦娜第一次戴上了圆玻璃眼镜,金属的镜架使她看上去像一个专业的绣花女;孩子们还很小,芭芭拉和斯蒂芬爬到斯伐保斯海滨村院子里的桌子上。那些夏天的影子一直延续到他内心的冬天。他踩着厨房里冰冷的地砖,白色与绿色的海浪不停地翻滚。瘦弱的斯蒂芬穿着游泳衣在院子里跑;他在正在腐烂的长椅上写道:"避难于丹麦的屋檐下,茅草屋顶,朋友们,你们依然为我斗争。"但如今朋友们消失了,只剩下放在纸上的蜗牛壳留下的微生物。

他感到从敞开的窗户里飘进来的泥土味道扰乱了他的思绪。今天下午,有人给花坛翻了土。他听到海伦娜在用她生硬、沉闷的声音下命令。魏格尔认定在柏林这个共产主义世界,不会遇到任何可怕的事情,因为她拥有党员证和柏林剧团的钥匙。但是布莱希特知道,除了保留剧目,一无所有,没有观众,没有支持,只有乌布利希的人在盯梢、监视,为莫斯科编写、整理材料……

布莱希特把自己跟汉斯·艾斯勒关在一起研究《浮士德》的音乐部分,而玛丽亚·艾希重新漆过暖棚的门之后,盖上白漆桶。她骑上海伦娜·魏格尔的自行车,沿着冷杉树林边的一条沙子路骑了三公里。阵阵热风送来干燥的树脂味道。几滴水滴在她的帆布帽上,后轮胎的摩擦声,接着是令人兴奋的长长的下坡路,云压在地平线上,风吹乱了她的头发,鼓起了裙子,接着,她冲进了森林,林中空地上有一辆柏林车牌的黑色小轿车,有点像旧的雪佛兰。透过汽车后车窗,玛丽亚认出了汉斯·特劳深红色的硬壳记事本。

她从自行车上下来,沿着一条小路,顺着草被压的痕迹往前走。她在找这两个国家安全部官员的藏身之处。接着她想到跟他们碰面对她没有任何好处。她又骑上自行车,沿着那条小路,又从汽车前经过,幼稚地想要把一张纸夹到刮水器下,表示她认出他们来了。

她沿着郁郁葱葱的果园骑行。苹果树干瘪的叶子,窸窸窣窣的夏天。放弃戏剧艺术。

到教堂空荡荡的小城市,到安息着几代人、等候新生代的小山谷里做老师。她更喜欢和平、睡眠,而不是厚颜无耻的算计。她突然意识到很多人已经死去。她又有了欲望。她想看到他,于是她焦急地在她的包里找他的电话号码。或者回到汽车那里,在挡风玻璃上潦草地涂上一个字。

这时候,草丛里有轻微的窸窣声,还有衬衣的白光,汉斯·特劳出现了。玛丽亚盯着他的脸,惊讶地看到他晒得那么黑。她觉得他显得很疲劳,但是这种感觉很快被一个微笑消除了,他仿佛刚度过一个清凉的长夜。

汉斯和玛丽亚站着,几乎没有动。玛丽亚的包半开着,自行车靠在腰间。

"我觉得自己没有守住秘密。"汉斯说。

"这是您的职业。"玛丽亚回答道。

"可以这么说吧……"

在那一瞬间,他们体验到了在一起的神奇。然后玛丽亚抢先说:

"我陪您到汽车那儿。"

"我不肯定有……"

"什么?"

"有那个必要。"

"那更好。"她快活地说。

他们踩着仿佛被烧焦的、与地面齐平的枯草向前走。玛丽亚一瘸一拐。"我的拖鞋。"她说。她脱掉了系带子的拖鞋,递给汉斯,汉斯查看着。

"里面凸出来一块。"

他们之间的时间静止了。他把拖鞋按在石头上,用一块通常从崎岖的路上捡来的那种燧石敲打着。

"好了。"

"这就行了?"她问道。

在这张灿烂却无影响力的脸蛋面前,汉斯体会到了一种奇怪的孤独和微微的刺痛。这种灿烂没有影响力,这正是他惊愕的地方。他听见她说:

"您不感到厌烦吗?"

"为什么？因为我监视您？"

"是的。"

"我也在保护您。"

"您五年后会干什么？"她问道。

"我在官僚主义累人的迷宫里陷得更深。您呢？"

"我？"

"是的。那时候布莱希特已经死了。您不能嫁给他。"

"我想都不会去想。"

他们走到汽车跟前。特奥·皮拉已经坐在了汽车后座上，啃着包在烘焙纸里的三明治。

"您呢，"玛丽亚重复道，"您会做什么？"

"明天？我会看一些报告，这样我就会知道莫斯科的签证部门变得吹毛求疵、紧张兮兮，会知道多少密探逃跑了，多少汽车去了美国占区，多少车牌在位于英国占区的阿登纳的军事参谋史威林将军下榻的那家酒店前面被拍了照。"

他补充道：

"我五十岁的时候还在这里。"

"为什么？"

他犹豫了一下，想到没有任何地方可以让他们现在，明天，或偶然在一次招待会上重逢，甚至不可能在波茨坦外围那些街区的某个游泳池里重逢。特奥·皮拉的身体明显向前倾,企图透过摇下的车窗听他们在说什么。

"为什么我们不能再见面? 您不能来看排练吗? 某天早上?"

"是的,我可以,但是我不会来。"

汉斯打开驾驶室一侧的车门。

"我跟一个女人生活过,接着是两个。这将是一个错误。"

她走近车窗,奇怪的是,他关上了车门。

"您回那儿去吗?"

"是的。"

汽车的轰鸣声在树下回响了很久,一路颠簸,让人觉得被抛弃,酷热的午后强烈而痛苦的音乐,远处传来哗哗的水声: 显然有人在游泳。为什么一切都这样痛苦? 为什么要流亡、孤独、空洞? 玛丽亚心想,什么样的闹钟会在某一天响起? 但是,她推着自行车走近湖边后,一切都热得发白。她听到游泳的人的说话声和拍球的声音。

她走进屋里,穿上泳衣,出去游泳。她向柳树游去,凝视着松树,层层叠叠的丘陵,发绿或褐色的屋顶,这种田园风光的柔和伴随着夜晚充满她的心田,让她平静下来。

晚饭过后,布莱希特离开了桌子和客人。

他把外套披在肩上,向湖边走去。路上满是昆虫,树叶丛投下阴暗的条纹。

夜的孤寂充满了神秘的光芒。

湖似乎在道永别。他感受到了万物的混淆、众人护佑的无名,也产生了全新的淡淡的哀愁。

一切都在消失,内心世界与外部世界的音乐,模糊、短暂。

布莱希特是一个岛,一个被牧草、芦苇、参天大树包围的岛,这就是他从不曾关注的梦的精华。他的脑子里满是他试图透彻理解的那个世界。他没有放弃他的尘世梦,但是他自己的消失而产生的波动将他围住,让他窒息。他感到灰暗的星球无望地滚向一个不属于他的世界。这个世界将不再谈论他。他微微转过身。屋里的灯亮了,他看见有个人(海莉还是玛丽亚?)在一个盆里洗碗。

8

　　玛丽亚拿出两张纸：布莱希特的蓝色笔迹，他的日记草稿。他在日记里说乌布利希和他那帮人是"墙头草，肤浅、自大"。她拍了五张照片。她倒好胶卷，溜回自己的房间。她把照相机塞进她的帆布箱子，舔了舔柯达胶卷的接头，用胶带纸把它封好。

　　她稍后走到室外。台阶和它的两个水泥球。长长的木桌子，空空的帆布椅子偶尔还留着坐过的痕迹。薄荷糖浆水颜色鲜亮，空杯子让人想到幽灵鸡尾酒会。客人有：凯特·莱希尔、埃贡·蒙克、汉斯·艾斯勒。海伦娜·魏格尔在老式铁柱凉亭的绿色屋顶下折好柏林的报纸，看到玛丽亚坐在码头上，用脚拂着水。她感到无聊，魏格尔心想。于是魏格尔站起来，向她挥挥手：

"玛丽亚？玛丽亚……"

玛丽亚转过身来。穿着细花黑裙子的她在清晨的光线里显得非常年轻。玛丽亚爬上台阶，走进凉亭，拉过一张藤椅。

"怎么了？"魏格尔问。

两个女人之间闪过令人难堪的沉默。

"您很漂亮。"海伦娜说。

"是的。"玛丽亚笨拙地说，她感到尴尬窘迫。

"您要喝点香槟吗？"

"好的……"

海伦娜从装满凉水的喷水壶里拿出一瓶香槟酒。两杯酒冒着气泡。

"布莱希特欣赏您的年轻。"

"是的。"玛丽亚说，"他一般欣赏年轻人。"

玛丽亚觉得她应该说今天阳光灿烂，不是很热。

她说：

"今天阳光真灿烂，不是很热。"

"真的，您的身材娇小、完美无缺。"

玛丽亚不知所措地笑了笑。

海伦娜又说：

"布莱希特对我说过,我的身材完美无缺。"

她补充道:

"那是在 1929 年。"

又沉默了片刻。

海伦娜说:

"布莱希特曾对我说过:'你有一个完美无缺的身体,可以放进解剖课的阶梯教室。'布莱希特没有这样对您说过吗?"

"没有……没有……我想没有……"

"我现在成了他的尸体。他的坏良心一直就是一具尸体。看看我的脸颊,我的额头,我是他瘦骨嶙峋的幽灵。但是我年轻的时候很漂亮。"

阳光闪耀着光芒,然后失去光泽,消失在云层后。

"祝贺我吧。"海伦娜说。

"祝贺什么?"

"祝贺我跟他生活了那么长时间。"

"我祝贺您。"玛丽亚说。

"现在不是 1929 年了,"海伦娜说,"我要离开他。"

"不会吧?"玛丽亚说,"离婚?"

"是的,离婚。"

后来,到了夜间,客人的兴致正高的时候,海伦娜·魏格尔说:

"您呢,玛丽亚,您有没有好笑的故事?"

"没有。"

"谁都至少有一个好笑的故事。"

"在维也纳不讲好笑的故事吗? 没有犹太人的故事?"

为了表明她的诚心,玛丽亚重复了德意志剧院的一个布景工对她讲过的一个犹太人的笑话,但是她讲得乱七八糟。

"您的故事真奇怪。"海伦娜说,"它不会是反犹太的吧?"

"可是……"

"这是一个反犹太人的故事,不是吗?"

"您故意当着桌上这些人的面侮辱我……"

"这些人? 是我们的客人!"海伦娜·魏格尔惊呼道,"这些人! 您把我们当成'这些人'? ……没有我们您算什么? 一个乡下演员……"

玛丽亚犹豫了一下,而后放下餐巾,离开了桌子。大家听到玻璃门啪地关上了。布莱希特说:

"要雪茄吗?"

他补充道:

"她不反犹太……海莉! ……别说了……"

"她的父亲反犹太,她有一个反犹太的丈夫……我逗逗她总可以吧?……不行吗?……"

夜色染黑了湖的中央。有人拿来了几盏灯和几支蜡烛。湖另一边的野外节日上亮起了几盏奇怪的夜灯。

一艘细长的深蓝色帆船滑过橡树林。微弱的反射光,仿佛细小的稀有金属,从船头跑到船尾。

9

布莱希特那封抱怨设于柏林和布科之间的霍珀加滕哨卡无休无止的检查的信，放在汉斯·特劳的办公桌上。特奥，他，试着辨认写在布莱希特的《科利奥兰纳斯》两侧空白处的注解，这份资料将放在灰色的文件袋里，送到国家安全部簇新的办公室楼上存档。

汉斯把信递给特奥·皮拉，特奥转过身去，走到窗户边，以便更好地辨认布莱希特的字体。

特奥把一只膝盖靠在勉强有点热气的暖气片上，浏览着那两张纸。窗外，远处的烟囱在清晨苍白的光线里懒洋洋地吐出一缕轻烟。

"我很抱歉知道这件事。"特奥评论道。

"我也是。"

"不过,这没有他的打字机出故障严重。"

"它从来没有坏过。"

"是的。"特奥说,"我们的军人口气的确有点令人讨厌……"

"是的,我们没有从前普鲁士的礼貌口气。"

"有时候,我们觉得可惜。"

"是的,大家都觉得可惜。"

"是的,这种'国家安全'的口气会对我们不利……"

"不,对他不利……"

"有些年轻士兵很差劲。"

"现在已经不是腓特烈二世的普鲁士了。"

"就算是腓特烈二世的普鲁士,有些军人也很差劲,礼貌问题……"

"真的吗?"

"总之,这样的信,楼上多得是……在档案室里。"

"这个布莱希特,太浪费精力了!他应该写精彩的戏,而不是浪费时间去写这封信……"

"我真不敢相信他浪费那么多的墨水,那么多的时间、力气……"

"如果仔细看,这封信里,没有文学才能……"

"叫人怀疑是不是真的是他写的。"

"怎么处理这封信?"

"归档。"

汉斯抬起眼睛,看着远处工厂的烟囱,更加灰暗的天空似乎暗藏玄机。

再过四个月就要下雪了。很快,火炉里烧着煤炭,茶冒着热气,文件要更换楼层,在楼上开秘密会议,阴郁的驳船和它们装载的煤炭,艺术学院和柏林剧团之间反反复复的危机,高尚的国家,艺术家的虚伪,老一套……

10

特奥·皮拉恢复监视工作。他收到了莫斯科的新望远镜，倍数更高。他现在能够看到布莱希特坐在一张长椅上，靠着一堵石头矮墙，看得见木质百叶窗的细节，穿着西班牙紧身红黑色裙子的光彩照人的玛丽亚走过去，要晒的桌布和床单，布莱希特那支在纸上写下蓝色字体的圆珠笔。下一次莫斯科给我寄望远镜，他想，如果纸摆正了，我能够直接看到上面写的东西。

布莱希特嗅到前所未有的严格审查的气息，也感受到乌布利希身边前所未有的焦躁不安。报纸重复说，阿登纳不仅激励美国军队长驻德国，还要求在德国领土上布置核武器。汉斯·特劳的情报部门的牛皮纸袋里，已经有了存放在亚利桑那的280毫米自动炮的照片，说实话比较模糊。

西德报纸的大标题宣称,东德政府首脑,华尔特·乌布利希大大地加强了国家安全部(简称史塔西),每周招募新的线人。每一座大楼,每一个岛屿,每一个工地,每一座军营,每一个文化委员会,每一个新的街区,都设有线人。无处不在的组织开始威胁到所有的人。汉斯心想,他生活在一个鼓吹和平的世界里,但是可以猜到太阳随时会从城市的屋顶消失,被巨浪般涌来的灰色迷雾掩盖,热量会从墙壁冒出来,透过衣服,让它紧贴着皮肤。核武器阴暗而耀眼的火焰时常浮现在汉斯的脑海里。再也看不到太阳,知道玛丽亚的脸将会化为印在石膏里的年轻女人的微笑。这些想法挥之不去,就像他一直为篷布遮盖的卡车把成群的人,一些平民百姓,载到楼底下来的事实担忧。一些工人被带到地下室,在电灯泡微弱的光线下坐在长椅上。走廊里,一只狼狗跑着小碎步乱叫一气,听命于苏联士兵。

汉斯知道电话被监听了。信被拆开,同一层的邻居受到审讯,要找出谁为"黩武的帝国主义"效劳。莫斯科的诉讼不仅让布莱希特感到不安,也让汉斯·特劳感到不安,他每天从莫斯科的信件里收到指令,发现可以起诉的新罪名:世界主义、犹太复国主义、异端。一条写在灰色纸上的,被列为"高度机密"的通知,要求汉斯·特劳监视海伦娜·魏格尔,因为她是犹太人出身。汉斯·特劳感到一阵焦虑,推开他的咖啡杯,走进洗手间,把通知揉成一团,冲进马桶里。他问自己,他的工作最后会不会禁锢人间所有的快乐,他开始痛苦地反思。他透过天窗,看到有人正在围着军营和汽油储备安放带刺的铁丝。要把柏林摧毁多少次?一个已经摧毁的城市还能被摧毁多少次?他的意识告诉他:许多次。火药、汽油、灰烬、风,这一切可以吹起,掉落,再开始。于是,他扣好他的制服。一个诚实男人的勇气是他的秘密。他要保住玛丽亚,哪怕他不得不离开自己的岗位。他要为她获取假的证件,他至少能救一个人,让她活下去,领回她的女儿洛特。她的纳粹丈夫,可疑的歌舞剧场艺术家,穿着白色翻领衬衫戴着黑眼镜臭美,正在葡萄牙某个阳光明媚的海滩上呷着可口的葡萄酒,太荒谬了。纳粹流氓在享受生活,而这里活着的人却在害怕。

据说,斯大林建议德国统一的外交照会,被国务卿杜勒斯哈哈大笑着扔进了字纸篓里。任何"共同安全"的想法,这种苏联概念,都被拒绝了。

在柏林,人们关注工人运动和对重建大工程的不满情绪。某些街区的气氛在恶化,保安人员写的综合报告提到暴动的可能性,这让乌布利希处于不利的地位。汉斯·特劳被要求紧密监视布莱希特身边"那群和平分子"的出格行为,布莱希特本人,主张特别的无政府主义,根据玛丽亚·艾希的报告,他企图去毛泽东的中国。布莱希特站在通往浴室的走廊里,对着钉在墙上的中国地图发呆。

有关形式出格的报告越积越多……对艺术界的政治监视明显加强了。八月初,布莱希特得知,美术学院基于委员会的决定,已经正式把恩斯特·布希,一个伟大的演员、歌唱家,排斥在自己的出版社之外,他格外震惊。

特奥·皮拉透过望远镜,能够看到恩斯特·布希站在阳光下,灰色的短袖衬衣,黑色的裤子,一边把他的眼镜戴上又脱下,一边听坐在靠着老蔷薇的长椅上的布莱希特和海伦娜·魏格尔讲话。右派的异端分子被东德政府请了过去。

另外,玛丽亚在她的报告里,格外强调布莱希特每天早上花很多时间阅读"右派"的东西,《新闻周刊》《快报》《慕尼黑画报》。

一天晚上,玛丽亚发现布莱希特把他书桌的一个抽屉锁上了。汉斯·特劳曾对她说过:"只要涉及敏感问题,永远不要使用电话。"她没有听从他的建议,而是从布科村打电话出来。她说她需要见汉斯·特劳。但是特奥懒洋洋地回答说找到钥匙就行了(它肯定在某个地方),她说的那个抽屉里面应该是些银行清单和几封"有点黄"的信,可能是"一个能够睡体制下最美丽的女人的家伙"的一首辛辣的异端诗歌。他的口气变得强硬,让她明白,他目前想"一字不漏"地知道恩斯特·布希对布莱希特和魏格尔说了些什么。最后,他嘟哝着今后玛丽亚最好避免动不动因为"琐碎小事"就打电话来。

玛丽亚产生了一个疯狂的想法,回柏林去。她要见汉斯·特劳。他永远都不会如此放肆、轻蔑地回答她。只有他才懂得收集、分析、筛选、解释、审时度势,相信义务的美德和乐趣。她厌烦了粗俗的生活,夹在一群讨厌的老知识分子和只想着争位夺宠的虚伪的实习生中间。而汉斯·特劳,他找她是因为他看到她有"一颗炙热的心",他似乎是这个厚颜无耻的阶层唯一关心他那些线人的人。

吃晚饭的时候,布莱希特冲玛丽亚发脾气,因为她拿了他的剃须刀片刮她的腿毛。

"我请你,玛丽亚,不要碰我的剃须刀片!我不想再跟你说第二遍。"

院子里餐桌上的谈话声消失了。只有一只淹没在长颈水瓶里的胡蜂的嗡嗡声和椴树的窃窃私语。

海伦娜·魏格尔试着重启话题。蜡烛点亮了。玛丽亚觉得自己很奇怪,她心想,她就像掉进长颈水瓶的胡蜂那样掉进了一个陷阱。她听见魏格尔、布莱希特和恩斯特·布希在笑。他们坐在台阶上,在看一本宣传册。她决定到厨房里拿一把刀,撬开那只锁着的抽屉。她必须冷静地执行她的任务。

剩下来的夜晚没有了生气。大家默默地围坐在桌子边,看布莱希特下国际象棋,时间随着飞舞的小飞虫流过。当海伦娜问她为什么没有党员证时,玛丽亚觉得自己彻底失宠了。但是谁不再宠爱谁?也许是玛丽亚抛弃了这些小人。他们都假装对布莱希特走马的方式感兴趣……

突然暴雨欲来,气温陡降。玛丽亚从内院溜向直接通往书房的小门,书房亮着一盏罩着褐色裂纹纸的夜灯。她试着撬开抽屉,发现只要轻轻地拍一下抽屉,往上一抬,把手从下面伸过去,锁舌就松开了。

她发现了布莱希特几封信的草稿,向乌布利希告发官方会议对他改编古典作品的方式所作的评价。抽屉的细毡子下,还有几份名单和一些杂乱无章的话。

玛丽亚打开一个牛皮纸信封。信封里有联邦调查局的报告,特别是 1944 年 6 月 6 日(一个难忘的日子)的一份报告。特工汤普森汇报与驻洛杉矶的捷克领事爱德华·贝内斯的一次会面。据说布莱希特为了尽快回到欧洲,去咨询他和家人获得护照的可能性。

6 月 16 日,联邦调查局的另一份报告提到布莱希特与苏联副领事格雷戈里·海菲兹会面。一个从侧面用剪刀剪开的白色厚信封里,有一封露特·贝劳写于 7 月 26 日,从太平洋宝马山寄出来的信。美丽的瑞典女人,怀着孕,坐飞机去纽约,到加利福尼亚的布莱希特身边生孩子。她告诉未来的父亲,她住在演员彼德·洛(《被诅咒的人》的扮演者)家附近的汽车旅馆木屋里。信中的口气显得很紧张。同一个汤普森写了两份联邦调查局报告,证实"这个戴鸭舌帽,穿灰布上衣,从'汽车旅馆木屋里'出来的小个子褐发男人"就是马克思主义剧作家贝托尔特·布莱希特。还有,联邦调查局的最后一份报告写道,1944年 9 月 3 日,一个叫米歇尔的孩子在"黎巴嫩雪松"私立医院出生,是瑞典女演员露特·贝劳的孩子。报告空白处用铅笔潦草地补充道,婴儿几天后死去。

玛丽亚把文件塞进她的浴巾里,把垫抽屉的细毛毡放回去。她不紧不慢地把这些文件拍下来。刚刚知道的一切让她很激动。

她经手的所有记录、信件、工作日记的摘要、诗歌中,让她震惊的,是这份关于布莱希特和露特·贝劳的孩子出生的报告。她想:不能再怀孩子……永远不能……这是一个真正的诅咒。离开东德,独自一人,自然意味着失败。政治上的失败和私人生活的失败。她看到自己和女儿洛特在美国占区从一个寄宿点晃到另一个寄宿点,孤独地吃着饭,她周围的无数对夫妻有她无法企及的幸福。她想象着餐桌上沉闷的夜晚,只有年幼的独生女跟一个远离戏剧,远离男人,远离汉斯·特劳的正在凋零的女人之间的几句对话。她甚至不能重新见到童年时的伙伴,维也纳受苏联控制。

这一切正在她脑子里翻转的时候,她听见一小群人在低声交谈,离打开的窗户不远,笑声、杯子的叮当声。玛丽亚往后退,离开被太阳照热的那片地板。她从来没有想过要跟她年幼的女儿去流浪。总有一天,汉斯·特劳会躺到沟里,被他莫斯科的同行清除掉……是的,孤独包围住她,范围扩展到梅克伦堡之外,西德之外,一直到波罗的海的岸边。

突然,有一天,大海平静、灰暗、单调、冰冷的景致里,会出现别的东西。什么呢? 另一种生活。

就在这时,玛丽亚听到走廊里布莱希特的声音:

"玛丽亚!!! 玛丽亚!!! 到我们这里来! ……"

玛丽亚关上抽屉。她紧紧贴在墙上。

布莱希特走了进来,面孔通红,额头冒汗,他小口喝着科罗纳啤酒,微笑着。

"您总是趁我不在的时候到我的房间来;我在房间里的时候,您又离开……"

玛丽亚没有挤出笑容。布莱希特接着说：

"您下雨的时候出去散步，但是有太阳的时候，您却把自己关在房间里。我想要您的时候，您扣上衬衣的纽扣，夹紧大腿，我早上和客人喝香槟的时候，您来闻我的床单，看我是不是藏了恶毒的想法，是不是在床垫下塞了瑞士护照，是不是在什么地方写了我预谋杀害乌布利希同志。我不知道您会不会找到您要的东西，玛丽亚，但是您是一个讨厌鬼。我不知道拿您怎么办。"

他改口道：

"拿你……"

他清了清嗓子，压低了声音。

"海莉做的蓝莓饼还有剩的。你要吃吗？"

窗外飞过两只蝴蝶，纠缠在一起，院子的声音，鸟儿的鸣叫，新鲜的空气，飘过的阴影。

布莱希特从衬衣口袋里掏出一支活动铅笔，从挂在门后的亚麻外套口袋里找到了他的记事本。他写了点什么。玛丽亚张着嘴，看着布莱希特床上凹进去的那一块，想着为什么受不了自己夹在布莱希特和墙壁中间。她需要透气，一直都需要。她产生了到宁静的森林徒步的想法，到神圣的森林里，在一条小路的尽头，有黑色的汽车，还有等着她的汉斯·特劳。

布莱希特收回铅笔里的笔芯，看着玛丽亚。

"今天我们和好吧。"

他抓住她的肩膀，把她拉向他，然后舔她的耳垂。

"来吧！"

他在她的耳边低语道：

"要对我们的客人微笑、热情、客气。"

11

汉斯往水里吐了口痰。他像个正在柏林度假的高中生。他凝视着德意志剧院紧闭的大门。气温开始上升,他脱掉外套,走近《潘蒂拉老爷和他的男仆马狄》的宣传单,宣传单像菜单一样镶嵌在玻璃盒里。他仔细研究角色分配,看到了玛丽亚·艾希的名字,写得极小,她扮演名叫菲娜的女佣。这是否意味着,从今以后,她不再扮演重要角色?他离开剧院,走到施普雷河边。

两棵柳树之间,一个老年人在一条军用毯子上摆了点东西,一只小摆钟,两只二战前的男式手表,歌德的三卷精装本,几把平齿梳和气垫梳。汉斯本能地想,这个长相端正却似乎心灰意冷的男人是谁?

"人,意味着什么?您说过您是司机?我无意中发现您完全自相矛盾……"这是《潘蒂拉》里某个人说的话,也许就是潘蒂拉。汉斯想:他以前是不是药剂师?酒店经理?木材商人?他看着这个柳树之间的男人,心想,贫穷和战争把这个人变得像棵柳树,不再心酸,但是也没有了希望,幽默和希望的滋味已经干涸。

汉斯·特劳拿起歌德的那几本书,放到鼻子下闻了闻,寻找战争前阁楼里旧纸张的味道。那是个平静的时代,有十九世纪的特征:光线幽暗,银器,不苟言笑的大家族。他买下了书,并加了三张煤炭券。那个男人没有微笑,吃了一惊,拿了一张仔细抹平的旧包肉纸,用了很久才把书包好……

然后,汉斯走下几级台阶,坐了下来。他让双腿垂在施普雷河面上。他听到水沿着堆在一个黑色洞穴里的木板流淌的声音。盛夏里,悲伤的柏林令人不安,又阳光明媚……

他看见一个金发女人年轻的身影从上方一晃而过,于是又想起了玛丽亚。他把她拖进了什么?她认真执行任务,就像她上教理课那样恭恭敬敬……但实际上,他对她的政治观点一无所知。她有政治观点吗?她只有一颗"纯洁而炙热的心",实际上,她是唯一他不想去评价、操纵的人。他违心地叫她拍那些辛辣的诗歌,还有布莱希特幼稚地藏在抽屉里的失望的唠叨。

汉斯打开歌德的书,一边想着如何让玛丽亚·艾希离开柏林剧团。一阵细微的水流声吸引了他的注意力。阳光下这个死气沉沉的地方,唯一有生气的东西,就是这潺潺的水声,是过来冲击几块木板和正在腐烂的芦苇的那股水流。

于是他对自己说,他爱玛丽亚·艾希,但是这种感情就像被关在笼子里的动物,被留在巨大的空城堡里的远古时代的野兽。他一想起这种爱情,只会看到自己没有能力将它付诸行动。他不想知道失败的原因。他更偏向一夜情,两张办公桌之间的调情,环城公路附近的妓女。持续一段爱情显得奇怪,就像一个老头盯着圆玻璃罩下的小摆钟,拿出一把金钥匙,小心翼翼地上发条,听它在精细的机械结构里准点报时、敲响、摆动。他听到玛丽亚的心在他体内一下一下地敲打。很奇怪,他想留住玛丽亚却不碰她,只是为了永远不要损坏他对她的爱。不要去碰。

对此有何良方呢?他想。

远离地震中心……

这就是他所想到的,肩头搭着外套,他根本不想去分析自己的感情障碍问题。他不想像往常那样,从玛丽亚那里偷走什么,然后又让她一无所有。因为他爱过的那些女人,在他的军官生涯中,只占据次要的地位。长久、平衡,他只有在工作中,以及工作引起的隐蔽的害怕中才能得到。他不想占有玛丽亚,把自己的渴望强加给她。从今以后,他的使命是让她离开柏林这个陷阱,让她重获自由,到别处去,到另一个德国去,或是更远。

等他回到德意志剧院的宣传单旁边时,他其实很高兴看到玛丽亚的名字写得那么小。她又变得默默无闻。

12

　　玛丽亚违抗指令。她离开布莱希特的书房,借口去买牛奶,骑自行车去了村里。她来到已经来过一次的一个农场的院子里,她的牛奶罐装满后,她去了邮局。她把双肘支在电话亭的木头小桌板上,等着给她接通柏林。她数着秒钟,心脏差点爆炸。有个叫卡米兹的人约她到一个废弃的旧军营见面,靠近普罗泽尔,离布科二十多公里。她把解释写下来,笔和写字的信封都被她弄掉在地上。

　　挂上电话后,她有整整五分钟没动,让自己透过气来,恢复平静。胳肢窝下在冒汗,心脏在怦怦地跳,她想:兔子从它的窝里跳了出来。她控制好呼吸,推开关住恐惧污浊之气的电话亭的门。

她步伐缓慢,感到双腿灌了铅一般沉重。她听见左耳朵里有昆虫的嗡嗡声,心想自己是不是正在得上脑癌。

终于,她感到她的心不会在这个邮局爆炸的时候,强迫自己对女职员笑了笑,对她说布科是她见过的最美丽的地方。女职员怀疑的神情让玛丽亚不知所措。她心想,在一个如此沉闷的地方装得过分活泼会不会引起猜疑。

美丽的橡树林外,是一条糟糕的柏油路,几座刷了白石灰的小房子,飞向蓝天的小鸟,还有一望无垠的明亮的丘陵。

她跟着信封背面画得乱糟糟的地图走,到了几座被带刺铁丝网围着的房子前。一个很大的院子,地面微微鼓起,有些裂痕。有一个仓库,左边是一个水泥掩体,上面的枪眼被高高的草遮住了一半。废弃的旧军营阴森可怕,在乡间显得怪异。田野的绿色地平线,无垠的天空,云,几只鸟在果树上叽叽喳喳地叫。

玛丽亚从一个楼梯下去,走进一个有很多铁柱子的半明半暗的大厅。长排的桌子和叠在一起的长椅。汉斯·特劳在食堂的大钟下等着。光线从窗户射进来,照亮了他灰色的西装和他敞着领口、烫得笔挺的白衬衫。他转过身,看着玛丽亚走过来。等她走到他身边,他神色尴尬地抬起头。

您好,汉斯。她说,她想,她在心里重复着。

"我时间不多。"汉斯说。

把时间给我一个人,我求求您。玛丽亚想。她站在他面前,他神色尴尬,带着近乎严肃的微笑。他看上去像一个朴实的小伙子,但是这个国家存在心灵纯洁的朴实的小伙子吗……这个失控的国家……

"您好吗?"

她不再听得懂她听见的东西。汉斯原地转着,带着难以察觉的温柔的微笑。他一边把口袋里的某个金属物弄得叮当响,一边对她说:

"您为什么没有去西德?"

他坐到桌子的一角上。

"如果您要我去……"

"我会说您可以去。"

她颤抖着,退后一步,她的目光落在墙上因潮湿而起泡的淫秽涂鸦上。她感到心里空荡荡的。一个幽灵。她的双臂贴紧衬衣。汉斯·特劳发现她在发抖。他走到她身边,把手放到她肩头。

"还好吗?"

"不太好。"

她补充道:

"我经常这样。"

汉斯盯着她看,玛丽亚眼睛周围的肌肉在轻轻地跳动。汉斯不知道说些什么。他轻轻地拉下玛丽亚手提包的带子,让她咔嗒一声拉开小小的铜拉链。玛丽亚想:给我一座岛屿去爱这个男人,随便哪座岛;这个男人,是我一个人的,哪怕只是我生命中的一个星期……

长排的桌子让人感到无限凄凉。玛丽亚如此美丽的手臂,贴着身体垂着。汉斯认真看着照片、处方,还有写满简短记录的信封,是玛丽亚用蝇头小字写的,既有个人的思考,也有布莱希特晚上三杯烧酒下肚后,开始在一堆蜡烛中间喋喋不休时她飞快记下来的句子。

"他对您做了什么?"

"没什么特别的。"

"他还想着中国吗?"

"还想。"

我的上帝,她想,让他要我吧,让他留住我,让他永远不要走……永远不……我的上帝,求您了……

"我时间不多,玛丽亚,但是您必须去西德。"

是的,汉斯,好的,汉斯,你明白吗?汉斯,你必须跟我一起去。

"您是一个难得的人,玛丽亚·艾希,但是必须走,共产主义的价值会变成次要的东西,尤其是对您这样的人。您已经不行了。"

她差点儿说:"我有一颗纯洁炙热的心。"

汉斯说:

"您不应该再依赖那些人。"

他寻找着贴切、礼貌、真诚的表达方式,让离他这么近的眼神不再焦虑。

"您能做的事情都做到了,玛丽亚。"

他抓住她的手腕,他们中间隔着那只放在桌上的打开的包。她想更紧地贴着他,这使她失去了平衡。她把脸贴在他的外套上,不再动。松树林温暖柔和的草,我们岛上的草,我们两个人,一个星期,我只要求一个星期。

汉斯轻轻地推开她,捡起散落在地上的照片。

"您必须走……九月份回柏林时,您会得到去西德的证件、钱,我亲自处理……"

她就像一座雕塑,眼睛睁得大大的。她的下嘴唇颤抖着。他捡起了纸张,把手提包还给她,动作尽可能礼貌、细致,但是玛丽亚似乎睡着了,仿佛在做梦。

"我谢谢您。"她平淡地说。

"不要谢我,玛丽亚。"

他们出现在院子里。刺眼的太阳让他们什么也看不见。

"不要难过。"他说,"我们不会再见面。"

他们沿着一个用沥青接缝的水泥游泳池走。一辆黑色的苏联轿车在等候,是那种总是穿越柏林的官方豪车。

汉斯打开车门,看着玛丽亚。

"您去哪儿?"

"找我的自行车。"

他在拿我的最后几滴血和我的命开玩笑……呼吸困难。我要死了,玛丽亚想,眼睛蒙上了泪水。

挡风玻璃晃过一道耀眼的光芒,然后汽车在围墙后飞驰而去。岛没有了,芬芳的花园没有了。只剩下了一堵旧墙,装着铁栅栏的窗户。玛丽亚觉得自己被困在无边无际的景物中。没有光泽的绿色。她骑着车,默默地哭着,疑惑地盯着无垠的天空。

给我一个星期和他在一个岛上,就一天……

13

　　这一小段电影断断续续,画面发白,有划痕,胶片的边缘出现了奇怪的褐色光晕。清晨波光粼粼的湖面上能看到一只小船。画面的左边闪烁着黑点。玛丽亚·艾希戴着巨大的深色眼镜,穿着一件齐脖子的矮领灰毛衣和一条时不时在风中飘荡的宽腿裤子。她的脸包在一条头巾里。

　　布莱希特,只穿了衬衫和长裤,慢慢地划着桨。小船晃晃悠悠地在湖面滑行。背景是一排排整齐的桦树。布莱希特又戴上了他的鸭舌帽。他划船的动作厌烦而迟缓,而玛丽亚·艾希正在看几页纸,看上去像纸餐巾一样厚实。看不清她为什么偏向位于镜头另一侧的船的阴影里,但是能从杂音里隐约听到特奥·皮拉的评论:"甜言蜜语之后,她意识到猪圈里的猪一心只想爬到她身上翻滚平躺。"

在无比单调的银色阴影里,玛丽亚的一只手把那些纸放下,不是放在船里,而是放在水面上。有人问:"她干什么?"在投影仪机械细微的咔咔声中,汉斯·特劳低声道:"玛丽亚在报复布莱希特,扔掉他为表演艺术部演讲写的笔记,还有这位大师生造出来的戏剧新任务名单……""你们对这些有记录吗?""我们有。我们的线人直接从大师的打字机上把它们拍了下来。""好了。"暗处一个沙哑的声音打断了他,只看到布莱希特放开船桨,跳起来,掉了帽子(帽子留在水面静止不动),抓住想把纸藏在背后的玛丽亚·艾希的胳膊。纸在太阳下散开来,离小船远去,卡在亮闪闪的芦苇里。放映厅最后面有人轻声说:"把这个放到我的办公桌上,这个报告。我们把它寄到莫斯科去……"

小船偏离了方向。玛丽亚摘下眼镜,拨开脸上的头发。布莱希特趴在船底,打开一张浸透了水的纸。是的,布莱希特还在努力捡回像睡莲一样漂浮的纸。玛丽亚游着泳,嬉戏着。冷杉树的影子折射出柔和的光线。布莱希特重新抓住船桨,而穿泳衣的年轻女人消失在阴影里。布莱希特站着,让这段空白更加令人困惑。景物在抖动。玛丽亚的脑袋突然从码头的树叶下闪着光的黑暗中露了出来。玛丽亚笑嘻嘻的脑袋又一次消失在带划痕的阳光明媚的画面里。胶片断了……

稍后,投影仪重新启动时,放的是另一部电影。纸张消失了,什么都没有发生过,湖在阳光下又变成了一面镜子,空旷,屏幕的左上角有个女人在游泳。然后,在另一个镜头里,能看到她依然粘在一起的潮湿的黑睫毛,汉斯说:

"这是同一天后来拍的。"

挤满了穿制服的人的放映厅里的灯重新亮起。

国家安全部第四局的魏尔海姆·普拉琴科听着汉斯·特劳的报告:

"玛丽亚·艾希在维也纳演过滑稽的喜剧,不适应我们经历的紧张状态。但是她经常为我们提供非常可信的报告。她讨厌那种认为科学时代可以运用于文学的布莱希特戏剧理论。"

汉斯·特劳补充道:

"她一直认为,戏剧只不过是一连串的催眠手法,魔术师或江湖术士的一门艺术……在这方面,她不过是帝国末期一个迷人的维也纳女演员,她期待的,是爱情戏,高贵的战绩,英俊王子激情的叹息。"

接着他们又讨论了给西班牙战争老兵支付抚恤金缓慢而煎熬的程序。穿制服的人站了起来,边聊边离开了放映厅。

"她在哪里?"魏尔海姆·普拉琴科问。

"在她舒曼大街的公寓里。"汉斯·特劳说。

"她就交给您了。"

14

    布莱希特秋天回柏林的前一天,天没亮就出门了。灰蒙蒙的湖死气沉沉。雾散了,松树林出现了。布莱希特给玫瑰浇水。他穿着皱巴巴的旧雨衣和变了形的沙滩鞋。他放下洒水壶。他看着湖面。

    海伦娜出现了,从大房子的楼梯上走了下来。她拿着衣物。

"你已经起来了?"

"睡不着……"

"我也一样。"

"我在想有些事该怎么对玛丽亚说……"

她端来两杯咖啡。

"要是你不知道怎么说,就别说。"

他们喝着咖啡。

"她没有受过真正的培训。"

"她有魅力。"

"拉倒吧,"海伦娜·魏格尔叹了口气,"谁没有魅力?"

"她有一种美……内在的……"

她放糖的时候把她的几个细手镯弄得叮当响。

"没看见。"

他们互相挽着胳膊,一直走到小房子那儿。

"她终于意识到她没这个能力。"

"也该意识到了。"

"她有她的特点。"

一阵沉默。布莱希特坐在台阶上,把鸭舌帽拉到鼻子上。

"我不能心安理得地摆脱她。"

"那好,留着她!你去给她挠头皮。而且,跟你曾经给圣莫尼卡的杂种威克雷斯挠头皮的方式完全一样。"

"她就适合百老汇戏剧。一个闪闪发光的小东西,生来适合演小资产阶级戏剧。"

九点零五分的时候,玛丽亚出来了,穿着蓝点的白衬衫和极显身材的土黄色漂亮紧身短裤。她在头发里插了一朵雏菊。

她坐到院子里的桌子旁边。布莱希特在看一份美国报纸上咖啡和锡的市价。他低声抱怨着,得知咖啡生产国在全世界只有四五个买主,他们把价格压得过低,而他早上的咖啡却难喝得要命。

他给她讲一对夫妻的怪异故事,向她解释什么是"距离"。一个妻子以自我为中心,会威胁到她丈夫的工作水平。丈夫于是决定摆脱她的影响。但是夫妻之间的全部艺术在于以轻松的心态作出这个决定。保持充沛的精力,随叫随到,始终热心、友好。丈夫摆脱妻子的决定越明显越坚定,就越要努力去想年轻妻子的优点。但想的时候要客观,也就是说要保持距离,仿佛面对的是没有什么特殊关系的人。丈夫不要因为她的任性而发怒,而应该强迫自己去为她的任性找理由,并加以赞同。布莱希特补充道:

"离开一个人而不贬低他,是最难的。"

"您这些话是说给我听的吗?"

上午过半的时候,布莱希特翻了翻莎士比亚的一本十四行诗集。

然后,他去找玛丽亚,她面无表情,盯着远处闪闪发光的湖面。

"还好吗?"

"不太好。"

他没再坚持。

中午,所有的人都在饭桌上说报纸上对柏林的演出评论不佳。一阵沉默。几只胡蜂在吧台附近嗡嗡地飞着。

下午,玛丽亚整理好她的箱子,搭恩斯特·布希的车回了柏林。

15

整个周末雾气弥漫。柏林沉浸在黄汤里。一切只看得出轮廓,枝枝叶叶,团团堆堆,蒸汽、烟雾、潮气无处不在,翅膀的声音,嘎吱作响的线条,光晕,一大团抖动、漫射的东西差点撞上你。连续两个下午,玛丽亚听到布莱希特谈论卡尔·瓦伦汀,这个瘦瘦的喜剧演员,让奥格斯堡的年轻布莱希特学到了不少哑剧方面的东西。接着是没完没了地排练卖鱼的女摊主之间的争吵。布莱希特从中总结出:人们为小丑流下眼泪,却在我们的悲剧演员面前捧腹大笑,小资产阶级的感情是衡量一切的标准,总之,一切都是老样子,不幸的是,什么都有可能……

星期三终于天晴了。玛丽亚的电话线被切断了,她觉得有人来过她的公寓;她在她的化妆室里找到一份比较旧的《新德意志报》,谈论非纳粹化改造的案件,奇怪的是,精心折叠的第四页上有她的丈夫和父亲的名字。谁溜进她的化妆室把这份报纸塞了进来?

她出去寄一份生日电报给她刚满六岁的女儿。潮湿的小巷。一家用硬纤维板来代替真玻璃的小店似乎已经被废弃了。一只浑身是灰尘的白色大肥猫伸开四肢,躺在几本莎士比亚戏剧的旧精装本上。白猫抬起头,目不转睛地盯着在小巷里飞舞打转的纸。玛丽亚走进商店想买书,但是书太贵了,她想,她更想把这些书送给汉斯·特劳,而不是布莱希特,这样做没有任何意义。那只看着纸飞舞打转的猫让她回忆了好几天,说明她极其无聊。她走过一所中学时,听见有人唱爱国歌曲,"德国,统一的祖国,愿阳光照耀",等等,等等。然后她穿过一堵水泥防御墙,墙后面穿军装的苏联人在拍照。

晚上,她穿上一条亮晶晶的蓝紫色长裙,擦了口红,涂了指甲油,套上薄底浅口皮鞋,从一个天鹅绒首饰盒里拿出她的珍珠项链,去皮克家里参加为官方音乐家汉斯·艾斯勒颁发奖章的盛大招待会。

当玛丽亚走上台阶,看到那帮官僚时,她感到很不自在。有人给了她一杯香槟,她端着酒走到落地窗前,发现一块军事场地。漆成暗黄色的房子被高大的电线塔照亮,塔顶似乎旋转着一团毛毛细雨。

有人轻声地说,那儿是国家安全部的新部门,以及人民警察学校教师培训机构。她感到自己陷入无休无止的战争中,淹没在没有尽头的冬天里,淹没在军人世界里。在这个世界里,瓦砾覆盖的街道变成灰烬,平民生活的所有组成部分,如命令、为和平与兄弟人民友情干杯、安全部门盖章、签字、特殊评语,不再只是无奈的临时过渡,而是无休无止的恐怖,是流动世界里无法避免的法则,这个世界里的一切,都像饥饿百姓的食堂。她心想,我们到处困在泥浆里、废墟里、告密中。她看到一个云母、冰晶密布的国家扩张开来,这个世界用木板、水泥袋构建而成,受制于不停旋转的,永远无法醒来的时间中的狗叫声、铁丝网、废弃的大楼。

这个世界流淌着没完没了的雨,没完没了的贫乏的口号。这个世界里是牵线木偶和自动木偶,无休无止的诉讼案件,报告,委员会,必要的签字,人民议会,受到评估的教育工作,命令,刑事警察的条例,被揭穿的期待,合法的感情,阅兵游行,年轻人集会;这个世界里是铲子,镐子,石碴,强制劳动,检查,反复表明信仰,蓝色的男衬衫和女上衣,排成行的孩子。玛丽亚受不了这个世界了。她想要一座岛屿,深绿色的大海,滔天巨浪把这一切都覆盖掉,春秋分大潮冲上岸的东西、海洋的剧烈摇晃,可以去忘记这一切。

穿军装的军人围在她身边,像一道影子,窃窃私语。他们在谈论音乐文化、第六条例、与西德断绝来往。

强行拉入、达到目的、获得胜利。没完没了的盛大活动,主席台上的演讲,放飞鸽子,高声大喊的口号,报纸传单上浮夸的宣言,呆滞的语言,消灭资产阶级,一桌桌穿灰色西装的人,指定需要消灭的反叛社会的因素,整个班级的孩子结结巴巴地朗诵着乐观的诗歌,镶在玻璃镜框里的斯大林或威廉·皮克的肖像。这就是她生活的世界。

那些穿长裙的女人举着密密麻麻的标语牌游行。她们穿着严肃的衬衫,重复着乐观的口号。玛丽亚远离那些在官方会议上低声谈论跟西德的小资产阶级达成可疑的妥协的人,所有那些穿过枯叶覆盖的院子,指着西德在雨里闪闪发光的屋顶,仿佛那里爬着巨型蜘蛛的党员。她不再理睬那些附和歪曲一切评价的单一观点的人。她在那些又矮又壮的党员面前保持沉默,他们只穿着衬衫和背带很宽的长裤,在海鸥俱乐部的扶手椅里摇来摇去,重复着他们年轻时的共产主义歌曲。她避开那些公开支持自己已经脱离了十五年的政治派别的人。这一切让她不安,让她苦恼。她问了自己许多问题,她感到孤独,面对魏格尔和布莱希特时她不知所措,布莱希特的讽刺才能,只用来排斥那些想问他,为什么牺牲才能去赞美虚假的官方美德的人。所有这些想摆出模范姿态,为了眼下无情的政治利益而牺牲自己的敏感、自己的艺术、自己的文雅的人,她受不了他们了。

西　柏　林

1952

黎明时分，

冷杉是紫铜色的。

这便是我，

半个世纪以来，

经过两次世界大战，

用黄色的眼睛

看到的。

贝托尔特·布莱希特

1

　　沿着里希特大街有一群别墅,阿兰·克劳德上尉的办公室在其中一幢别墅二楼的拐角处。落地窗视野极佳,可以看到一个旧的赛马场。现在那里变成了海军训练场地和桶装汽油供给中心。盟军司令部在旧的赫伯体育场设立了物资供应中心,柏油屋顶的木屋里堆满了柏林百姓的日常生活必需品,以应对可能遇到的长期封锁。

　　旁边的一幢别墅是褐色的水泥浇筑的,带东方式阳台,里面存放着中央情报局所有的电子光学器材。

　　哈登贝格亲王的故府邸被斯坦利·贝将军的档案部门占用了,里面能找到由快退休的,只阅读《纽约时报》体育版的官员们看管的所有情报,以及东德政客们的所有宣传资料。他们背后,电报在蓝光里发出嗒嗒声,传出华盛顿总部发来的消息。一个穿白大褂的男人时不时地过来扯掉一条条不停地在塑料地板上绕成一团的纸。走廊的另一头有一个灰色墙壁的房间,里面慢慢地转着褐色的磁带,这个小房间的上面塞满了金属抽屉,抽屉里放着从空中拍摄的所有飞机轰炸的照片底片,从汉堡到德累斯顿的轰炸把德国炸得只剩一条条大雁飞过的海岸线。

一盏蓝色不锈钢灯照亮了几张司令部网球俱乐部的入场券,阿兰·克劳德在灯下的一堆文件中认真查看玛丽亚·艾希的档案。台灯圆锥形的光线落在一条附属记录上,来自位于维也纳煤市大街的英国情报部门。

阿兰·克劳德上尉陷入深深的沉思中,看上去仿佛睡着了一样。他左手的那份带着折痕和墨迹的蓝色记录微微地颤抖着。这个严肃的男人脸色开始发灰,抬起眼睛看着玛丽亚。一股隐约的雪茄臭味从一只铁盒子里冒出来,盒子上画的是一个被抹香鲸围着的老渔夫,这个颜色暗淡的金属盒肯定被小折刀刮过。还有一本 1933 年苏黎世发行的英德对话教程和一张外交部门的红色卡片。

克劳德用和蔼但厌烦的口吻继续他们的对话,仿佛是转入其他话题之前的老一套。

"您跟布莱希特谈些什么?"

"没什么严肃的内容。"

"您的意思是,没有任何政治内容。"

"是的,没有。"

"但是当着您的面他有过严肃的对话没有？与政治有关的对话?"

"有,跟海伦娜·魏格尔,跟一些助手,一些导演。"

"但是跟您没有?"

"没有,跟我,我们谈论一些……一些无聊的事情……"

"哪一方面的?"

"我的打扮,我的大腿。"

"您曾经是他的……他的……女朋友……对不对？……"

"我不知道……我很长时间以来一直以为是的……但最近几个月觉得不是的……"

"他怎么评价我们,美国人?"

"他对好莱坞的印象非常差……他说……我记得他常常说美国人和英国人不懂得把艺术经验'尘世化',说他们到处都放着《圣经》……还说新戏剧应该'去形而上学'。"

"您知不知道他被反美活动调查委员召见过?"

"知道。"

"他有没有成为共产党员?"

"好像没有……"

"他对您提过乔·弗斯特吗?"

"没有。"

克劳德在带有美国之鹰标记的蓝色记事本上写了几个字。然后他放下铅笔,对玛丽亚微笑。他开了一下几只抽屉。

"他有没有跟您说过有可能会在瑞士买房子?"

"从来没有。"

"他身上有钱吗?"

"有一点。"

"您不确定?"

"不确定……"

"他有没有建议您离开柏林剧团?"

"没有。"

"他有没有建议您到西柏林来,尤其是来美国占区?"

"没有。"

"是谁建议您的?"

"谁都没有。"

"您想做什么?"

"到歌德公园旁边的教会学校教德语。"

"贝托尔特·布莱希特的'艺术'(他'艺术'二字说得磕磕

绊绊)计划有没有让文化委员会的人感到不安?"

"他身份特殊……"

"所有的人都在监视其他人……"

"有可能……我不知道……"

一个穿制服的部门雇员端来了一个托盘,上面有一个旧的黄色金属茶壶,放着几块方糖的茶碟,还有两个发黄的白色深口杯。

"他去过莫斯科吗?"

"没有。好像没有。"

克劳德上尉提的问题让人觉得他不想发现任何实质性的东西,仿佛布莱希特的任何一个动作,柏林剧团的所有事情,他早就摸得一清二楚了,只需要几个细节把资料补充完整,虽然说不上出色,但表面上看是正确的。

"您住在哪儿?"

"住在一个带家具的包餐公寓里,离圣·托马斯教堂不远。阿德乐包餐公寓。"

然后是与玛丽亚的丈夫和父亲各自的失踪有关的没完没了、枯燥乏味的对话,上尉说他有一个信息要告诉他们的时候,他是在骗她,想知道玛丽亚到底有没有跟他们保持联系。终于,克劳德拿起他办公桌上的一副雷朋眼镜,凝视着镜片,说:

"您为那个特工做间谍……为他撒谎,可以说是为他拼命,那个叫特劳的人是谁?"

玛丽亚沉默不语。

"……"

"行了,回答我。"

"一个好人。他跟您做同样的工作。"

"真的吗?"

"是的。"

"真的!"

玛丽亚一言不发,克劳德站了起来,更确切地说是舒展开身体。他拨弄着一只小小的录音机,它透明的卷轴似乎让一根透明的线发出亮光。卷轴停了下来。

"您留下那只照相机没有? 您曾用它来……"

"没有。"

说实话,克劳德想,这个女演员身上无疑有着爱国热情,比单纯的自卫本能更有意思。克劳德瞄了玛丽亚好几眼,她穿上灰黑色的圆领大衣,但是精致的脸上毫无表情。克劳德觉得其实最吸引人的,也许是她的后颈……他心情阴郁地送她到走廊。

阴沉的天气,无边的空旷,工地,临时军营,水泥建筑,陈旧的石板院子。下午,他得写有线电报,看看军队的打字员们有没有填对文件。

2

在接下来的几个月，玛丽亚·艾希被克劳德叫去了六次。第三次，他碰了她的胳膊。他一般背对着她提问题，看着柏林的云团在晨雾蒸发之后，以特殊的幅度扩张开来。

晚上六点左右，灯光亮起来；它们神奇地在松树林前消失；那里是苏联占区，另一个柏林冰冷的气息……有一天，中央情报局会改变空中的风向，最高处的风，让它们逆转方向，下起冰冷的雨，去淹没工地、棚屋、无家可归的孩子、在破烂的玻璃窗前下国际象棋的苏联士兵……

第三次问话时，克劳德放下他的记事本，拔掉了录音机的插头。云层里透过来一缕阳光，照亮了一望无际的柏林，他把落地窗打开，听得见远处街区的嘈杂和一个封闭的院子里回荡的说话声。

　　玛丽亚试着解释她的丈夫曾经是纳粹分子,她的父亲曾经是鲁道夫·赫斯的朋友。看到德国的装甲部队涌入苏联白茫茫的荒漠,成千上万的斯图卡轰炸机入侵欧洲的天空,他一直感到欣喜,这场终于让宏图大略的雅利安民族有了生存空间的大战也让他兴奋。

　　"希特勒在英雄广场讲话时,我甚至听到他推着自行车在院子里的小径上唱歌。"

　　"您不觉得不安吗?"

　　"我从来没有完整地读过一份报纸。只读戏剧版……和星座栏……"

　　"布莱希特呢? 为什么您这样爱他?"

　　"不,我不爱他。我欣赏他。"

　　"那么,让我们从头开始:谁让您接触到他的?"

　　她讲述着。她觉得她那代人被纳粹践踏,思想受到控制,很少能遇到真正的天才。

　　"您想表达什么?"

　　"布莱希特是一个真正的天才。"

　　她兴奋起来。她的脸颊变得粉红。她说到他的歌曲、他的诗歌,说到粉刷匠。

"什么粉刷匠?"

"从 1930 年起,布莱希特就用粉刷匠称呼希特勒。"

"为什么? 他以前是粉刷匠吗?"

这样的评价说明他缺乏应有的智慧,或者,至少缺乏经验,对希特勒的认识极为肤浅。

这让玛丽亚放下心来。

"您知道《冲锋队之歌》吗?"她讽刺地问道,"《阶级敌人之歌》? 您知道《赞美辩证法》吗? 还有《顺世之道》? 您要我唱吗?"

玛丽亚感到自己赢了几分,于是接着说:

"您知道《纽约巨城消失的荣耀》吗?"她补充道。

面对惊讶的克劳德,她大声地背诵道:

"不同的人种,同时圈到大块场地里,特别喂养,给他们洗澡,让他们摇来摇去,把他们独特的动作固定在电影里,留给所有的后代。"

一阵尴尬。

"谢谢。"克劳德说。

他让袋泡茶掉进他的杯子里。这个身材如此美丽的小女演员还对她的炼丹士布莱希特充满激情,他觉得有点悲哀,同时,这个年轻女人特别的魅力让他着迷。她轻声哼着歌的时候,光彩照人。其实,克劳德想,她是赞同他们的所作所为的。完全赞同他们。

他把茶包从杯子里拿出来。一个又高又瘦的女秘书拿来半张蓝色的纸,上面写着:"您的妻子从纽约打电话来。"

克劳德沉思着敲了敲他薄薄的嘴唇,没有听玛丽亚在说什么。

"他的政治活动呢?"克劳德清清嗓子问道。

对于这个问题,玛丽亚的脑子不转了。她的目光停留在克劳德身上。他想着"这些头发微卷的可爱的维也纳小女人吃着夹心蛋糕卷,边唱着《女人心》,边在窗口抖扫把"。

他想帮她,但缺乏灵感。他想,他有充裕的时间再叫她来。于是他使用了他最喜欢的表达方式之一:

"我没什么可以指责您的。我谢谢您真诚的合作。"

从可以看到柏林全景的三楼,能感受到时间强劲的吸力。时间将这个城市带走,这个城市的组成部分是曲折的道路、带刺的铁丝网、飞翔的野鸭、钟、耀眼的太阳、麦克风、工地、宾馆、挖开的建筑物正面、破损的字迹。抹不去的字母。满是灰尘的印刷厂。仓库。

晚上六点钟,女秘书又端来一杯热水。他在杯子上方晃动着茶包。他用同样的方式拽着被他审讯的人的生命线。有那么一刻,他强烈地感受到这个城市病态的强大,以及他的肩章级别授予他的,对那些在他办公室里对着美国占区放大的照片坐着的人的权力。

茶包掉进了杯子。

3

1953年6月,她在报纸上得知东柏林起义。17日,工人们上街游行示威,反对政治局降低工资。玛丽亚爬到阿德乐包餐公寓的屋顶平台上,看着烟雾从北边的街区升起。她听说苏联的坦克占领了东柏林所有的大路口,拉夫连季·贝利亚,紧急从莫斯科赶来的、大权在握的苏联内务部长,命令苏联军队准备动武,而在西德,法国、英国和美国占领军同样处于戒备状态,准备动手。正在排练《唐璜》的布莱希特,告诉演员们发生了什么,枪声、火光笼罩着街区。当天晚上,他决定写一封支持信给乌布利希的政府。

几天以后,街道又变得纯净。寂静。阳光下的石板路。麻雀。

西德的报纸发表了布莱希特写给乌布利希同志的信："这一刻，我感到有必要向您表达我对德国统一共产党的忠诚。"报纸暗示东德政府删除了信的其他部分，带批评色彩的那部分。包餐公寓里的人评论着布莱希特的信，不知道玛丽亚曾经是他的情妇。

玛丽亚每天早上跨进她教书的学院的大门时，努力控制自己不晕倒，因为她明显感到她向克劳德披露她和布莱希特的关系的这种处境，跟她自己的生活很相似，是一种永远的背叛，但是背叛什么？背叛谁？为了什么？

冬天来了。天黑得很早，让人想到坟墓。乌鸦飞走。灰色的湖变成黑色。大衣从壁橱里被拿出来。

十一月份，前厅的花玻璃里照出一个带白帽子的宪兵。他来送同盟国总司令部新的传唤通知。这个名叫哈罗德·格雷的男人，有些僵硬地出现在室外灯光的光晕里。玛丽亚回餐厅的时候，觉得自己又一次受到了威胁。住在同一个公寓的一个人问她：

"坏消息？"

"不是的。"她说，"例行公事。"

那天夜里，她做了梦。她又看到那个戴着白帽子的宪兵向前厅走来。先是一阵沉寂。然后玛丽亚打开门，不是美国士兵，而是一个热情的纳粹冲锋队员，一只手拿着一瓶啤酒，另一只手拿着传唤通知。然后纳粹冲锋队员走进包餐公寓，看着惊恐地寻找她的大衣和手套的玛丽亚，对她说："没必要惊慌，老奶奶……不过是传唤你去跟我们一起吃鹅肉！一只早起的社会主义的鹅。你等着瞧，它的味道还是一样好！……战争前的味道！"

然后，玛丽亚·艾希醒了。她把对着阳台的落地窗稍微打开一些。柏林就在眼前，宁静，隐隐约约地闪着光。她心里想，在那边，城市的另一边，布莱希特正在睡觉。他，了解在慕尼黑的早期的希特勒。布莱希特在那些见证历史的街道上行走过。布莱希特很清楚，纳粹的戏剧艺术，纳粹的戏剧性，通过它的火炬游行，它的华丽辞藻，它的大规模阅兵，它的歌曲，它的旗帜，它的追悼会，表现得淋漓尽致。纳粹仪式，效率极高的戏剧！华丽的辞藻，高大的讲台，幸福洋溢的面孔凑在一起，这些人曾经是可怜的流浪的失业者……布莱希特知道这种舞台布景能够激起德国人民的狂热。是的，希特勒是一个比他更伟大的舞台艺术家。贝托尔特真的有必要担心，他流亡的那么多年，一直在努力思考法西斯主义的"感情诈骗"为什么会成功，会讨人喜欢，吸引无数的人。

　　这纯粹的戏剧如何会诱惑到这么多人？要采用什么样的辩证智慧，什么样的新戏剧才能打败法西斯瓦格纳式的戏剧性？

　　布莱希特一生都在想这个问题，如今，他坐在官方观礼台上，看着年轻的女模特们穿着蓝裙子白衬衫走秀。

　　玛丽亚·艾希独自站在月光下，想着这些。街区的路灯亮着，一切都很安静，一切都要睡上几个小时。然而，有种奇怪的东西嗡嗡叫着。如果明天这再卷土重来呢？玛丽亚心里想。布莱希特和他的朋友们，他们的讥讽，他们高雅的智慧，会不会足够？

　　是布莱希特亲口告诉玛丽亚："人靠他的脑袋活着，但是这样的人真不多。不如这样说：靠您的脑袋活着的，不过是一只虱子。"

　　玛丽亚凝望着月亮下的那些大别墅，她觉得她的恐惧没有消散。她失去了所有的乐观。

4

克劳德又一次在打字机四周堆积的文件中仔细阅读玛丽亚·艾希的档案。

玛丽亚又一次注意到印染、裁剪粗糙的东德警察制服与无可挑剔的美国衬衫之间的巨大差别。金属办公桌上甚至还放着太阳眼镜。衬衣的袖子在镀铬扶手椅上窸窸窣窣,手指翻阅着文件……各种颜色的墨水写的精美的交织花体字让人更容易想起中世纪的彩色装饰字母,而不是一份文件。但是她惊讶的是,在这一堆文件中,有一个盖上去的纳粹卐字标志,被擦掉了一半。

突然,克劳德低下头,眯起眼睛重新读了几行字,然后从他的抽屉里拿出一张带花边的发黄的照片。

"您认识他吗?"

一个戴橄榄帽的年轻男人靠在虎式坦克的炮塔上,正抽着烟,微笑着,很青春。

"认识,这是我丈夫。"她说。

"什么?"他说。

"这是我丈夫。"她用力说。

克劳德拿过照片细看。

"这是一个真正的该死的纳粹……"

玛丽亚意识到一个新款录音机正在转着。她明白了为什么他让她什么都重复一遍。

"您认识他吗?"

"认识。"玛丽亚说,"这是我丈夫。"

"曾经是。"

克劳德递给她另一张照片。

"他死在了葡萄牙……"

"怎么回事?"

"他负责纳扎雷的一个鱼干罐头食品厂。"

"哪里?"她问。

"在葡萄牙……纳扎雷……"

他把三张光面照片推到玛丽亚的眼皮底下。一个被闪光灯拍下的粗大的轮廓,盥洗室的门开着。抽水器的链条用一根线代替,还有一样东西好像是放清洁用品的架子,尤其是还有一个奇怪地蜷缩的躯体,一个圆形挂件,一张留了小络腮胡的脸。

克劳德用自动铅笔在一张照片的背后画掉了一个字。

"您认识他吗?"

"认识。"玛丽亚说,"他怎么死的?"

"不知道。您感到吃惊吗?"他问。

"是的。"玛丽亚说。

克劳德说:

"他干了不少坏事,在匈牙利和其他地方,您知道吗?"

录音机的卷轴在轻微的摩擦声中转着。

她知道他列了些名单,使一些"恐怖分子"被枪毙。

她想着纳扎雷在哪里,怎么会死在那里。是不是明信片上看到的那种精致的葡萄牙小渔港? 或者,完全相反,是一个凄凉的地方,平坦而泥泞的海岸,长着荆豆,还有散发出鱼臭味的仓库。

克劳德似乎在等她回答,显得很尴尬。他的脑子里似乎有一只时钟,只能给惶恐的玛丽亚几秒钟的时间。然后,接着,网球、游泳池、报告、要打的电话……

"他会被运回来吗?"玛丽亚问。

"他被葬在了纳扎雷……"

"啊……"

雨水开始在玻璃窗上流淌。它淹没了城市。

就在克劳德起身关灯的那一刹那,玛丽亚把手放在桌子边上。谈话结束了。他把她送到走廊里。塑料地板把橡胶鞋底蹭出叽叽的声音,仿佛是自己延迟的回声。她倚靠在栏杆上。

克劳德开始向她表示哀悼,但是一个警卫拿套子和网球拍给他,打断了他。

她下了楼,没有坐电梯。鞋跟在干净的石灰华台阶上嗒嗒作响。其他楼层也一样。一家兴旺的大公司,电话声,用懒散的脚推开的门,用镂花模板随意印了字的垃圾桶。

5

他们坐在华尔特·乌布利希体育场的看台上。

汉斯·特劳观察着特奥·皮拉,皮拉试着把一张翠绿的生菜叶子塞到夹着白煮蛋的两片面包中间。

"你肯定我们不会需要那个……玛丽亚·艾希……现在布莱希特已经死了,她会把一些事情告诉我们,对不对?"

"不需要。"

"你肯定吗?"

"肯定。"

汉斯·特劳明确地说道:

"我们以前就不需要她了。"

"我们从来就没有需要过她。"

"需要的。"

"你在耍我!"

"没有。"汉斯说。

"她去美国佬那里的时候你挺难过的! ……喝点可乐……"

"是的。"

"去莫斯科之前,我想搞清楚一点,"特奥说,"我想知道你是不是真的爱她。"

"是真的。"

"我就知道。"

特奥带着与世界和解的心情吃完了他的黑面包三明治。他吃东西的时候总是这样,不再有巨大的忧伤,不再问最后的问题。他们离开了看台,在铺了细煤渣的跑道上走。

"告诉我,"他接着说,"我还想搞清楚一点。"

"说吧。"

"你还爱着她吗?"

"是的。"

"但是,跟她,你有没有……"

"没有。"

"从来没有?"

"从来没有。"

他们出了体育场,走到有轨电车车站。

汉斯看了看手表,把华达呢雨衣的领子竖了起来。还有七分钟。有轨电车里就会挤满工人。

在略微拥挤的车厢里,汉斯俯下身,对特奥低语道:"现在,不要提任何回忆,在莫斯科不要往你的咖啡里加糖,行吗?我不希望你再提到玛丽亚·艾希的名字……"

他们在亚历山大广场分了手,汉斯下了运行中的三号线,向公园里的小径走去,他在那里见过玛丽亚最后一面,她没有看见他。这里一片寂静,一些建筑材料、煤炭、围墙、木棚。一个看管仓库的哨兵拖沓的脚步声。他来到施普雷河的岸边。他沿着河走了很长时间,走过一个联合工厂几扇巨大的钢门,他走进一个名叫水牛咖啡的酒吧。他喝了三杯啤酒和一杯烧酒;他恢复了活力,走在旁边那座桥的阴影里。

6

1954 年夏天,德意志民主共和国与德意志联邦共和国交换了照会,沿着德意志联邦共和国的边境建立了一个五公里的禁区(封锁区)。

玛丽亚很担心。她和女儿登上了频繁受到检查的来往东西区的火车。两只箱子和一个老师给她的地址。她要去普福尔茨海姆,在巴登-符腾堡州,那里有个天主教学院需要一个德语老师。

她和女儿进了一个褐色的有点脏的包厢,女儿很快就睡着了。她穿越的这个德国,有着宁静的丘陵,还有辽阔平坦、隐约有些起伏的田野。夕阳下,列车驶过树林、军事防区、营房、军事掩体。她的护照不时地被穿着灰色雨衣、戴着褐色帽子的人核查。然后是探照灯、其他的军事掩体、穿制服的美国人和英国人、核对护照、箱子里的物品……玛丽亚看着她在柏林的过去,追随着她在维也纳的过去,渐渐远去。沟壑、丘陵、桥梁、河流、废墟。

在杜塞尔多夫苍白的天空下,她感到她终于可以抛弃所有存在的欲望。她把得到别人承认的所有欲望都留在了柏林。她要放弃从前的自我,回到默默无闻的人群中。

她看着与她相似的景致飘过。望不到头的蕨类,阴暗的森林。从今以后,陪伴着她的,是她的秘密和默默无闻。她会耐心并理性地照顾她的女儿和她自己。

她到科隆车站时,一心想着这些事。她坐了另一辆火车,更小、更窄,发出木头的嘎吱声。忧伤的心,囚禁的心,而不再是一颗炙热的心。她到了坐落在宁静的小山谷间的普福尔茨海姆城。这森林风光让她觉得自己又活了过来。

一月、二月、三月、四月过去了。刮风的天气,明朗的天气。她住在一座建于三十年代的漂亮的灰色房子里,一个木阳台俯瞰着居民区。心存感激。她听得见教堂的钟声。她有一个美丽的花园。她很快适应了教师的生活。漫长的假期。洛特渐渐长大。玛丽亚买了一辆二手欧宝车。她经常沿着黑森林光滑潮湿的路开车,去谢尔布隆、巴特利本采尔、卡尔夫、维尔德贝格、纳戈尔德。她有时一直开到图宾根。图宾根的荷尔德林塔前满是爱慕者,诗人在塔楼的那些年经历了疯狂、赞扬、庆贺。她觉得自己不再受到束缚,不再受任何东西的束缚。她不再等待观众的鼓掌。她不再用化妆来遮盖自己的脸。她不再一心想着去创造一个角色;她走下楼梯,从后台走到舞台时,不再因为怯场而焦虑……

她在学院避免谈论私事。她只说天气,下雨,下雪,流动的云团,骤然的冰冻,最初的热浪,长椅子,蜡烛晚会。大家以为她很消极,而且有点蠢;但是她上的课证明了相反的一面。她对她的学生很关心,准确、风趣、犀利。她主要讲诗人海涅和荷尔德林,而不是散文家。她总是穿同一件黑白旧毛衣,一条灰裙子。据她的一些同事说,她让人想到某种介于"贞节和游泳池消毒水气味"之间的东西。

她很少评论重大事件,除了1961年8月14日,苏联人开始铺设带刺铁丝网,安置铁蒺藜,征用泥瓦工,堵塞楼房窗户的时候。柏林被一割为二。她猛烈地抨击这件事。这个"社会沉浸在死亡里,黑暗无边无际,没有界限,没有结束的一天"。

她看上去难以捉摸,而且几乎不说话。夏天,她到维尔德巴赫的一个游泳池游泳。女人和孩子都在游泳池边晒太阳。他们被她雪白的背、她双臂有节奏的动作、她双腿流畅的线条和她双脚扑出来的细水花迷住了。她沐浴着中午强烈的光线,从跳台附近出来擦拭身体的时候,她白而窄的背光彩夺目。她引人注目,漂亮,心不在焉。

她住的地方是个住宅区,树木成荫,很合她的心意。住宅区有安静的大房子,打理得很精致的花园,丘陵起伏的乡间风光,方正的道路,显示出祥和的气氛。这里受到的唯一干扰,是飞过的美国战斗机。在很快被云层吸走的轰鸣声中,金属的反光擦着冷杉树梢而过。然后留下的,只有宁静,邻居的篱笆,长长的椅子,靠在花园小门上的洛特的自行车。

玛丽亚对苏尔坎普出版的布莱希特作品全集特别感兴趣。她翻了翻,然后把沉重的卷本买了下来。她当演员的那些年又浮现在眼前。按语里没有提到她;她觉得很幸福。

她秘密爱着的人,叫汉斯·特劳。有一天晚上,她在内卡河边阅读《时代周报》的时候意识到了这一点。第八页上有好几个穿制服的警察,人民警察。他们在东柏林一个饭店的地窖里发现了一个地道入口。其中有一个穿灰色便衣的男人,玛丽亚马上认出来是汉斯·特劳,他好奇的表情,略微凹陷的下巴,淡淡的微笑。她焦虑起来。她感到她的脖子不能动了。她觉得浑身瘫软,口干舌燥。下午变得漆黑、阴暗、可怕,而夜晚漫长凄凉。她沿着街区的房子走着,然后爬上了青色的丘陵,但是她无法摆脱哀伤。她的双腿追随着影子。她在刹那间失去了习惯、思维,以及她在这里好不容易靠孤独的行走,长时间的游泳和沿着公路开车远行重新找回来的信心,一切都被粉碎了。

她最终躲进一个小酒馆。她喝着酒。为了缓解压抑和痛苦。但是,长久以来,她心里埋藏着一个从来没有如愿的祈祷,一个让人不再抱有希望的祈祷。

接下来的几个星期,她更加关注学生的作业。晚上,她贪婪地听洛特谈论她的高中毕业会考。

第二年的八月份,玛丽亚带她的女儿去北海的一个岛上,博尔库姆。她住在一个包吃住的小旅馆里,格拉夫瓦德西。一个高大的金发高中生,斯蒂芬,来跟她们会合。他也以较好的成绩通过了高中毕业会考。他跟洛特谈情说爱。

蔚蓝的天空,徐徐的微风,成堆的云团,滔天的海浪,这一切可以让她毫不费力地回忆起以前的夏天。玛丽亚翻阅报纸,一堆一堆的,有德国的,也有奥地利的。柏林墙奇怪地影响了玛丽亚的思想。她不仅不排斥马克思主义,反而对它感兴趣,就像人们对葡萄根瘤蚜虫害或坏死腐烂感兴趣。她感到她体内的力量受到抑制,心理处于一种奇怪的发酵状态。她无法想象别人的生活。她成天都盯着别人的家庭沉思,思索着人与人之间形成的关系。人怎么能结婚?怎么能说话、闭嘴,跟某个人睡觉,胡说八道,打牌,做生意?

　　她观察着咖啡馆露天座里一桌桌的年轻人,一个男人吹着口哨叫回他的狗,一对戴着帽子的女人紧紧地挽着胳膊走在堤岸上。是的,日常生活的样子让她惊愕。

　　她八月底一个人回到普福尔茨海姆,没有带上女儿,她回到家里,走廊里空荡荡的,花园亮晶晶的,很安静,还有绿色的植物。她不在家没有引起任何变化。

　　有一天晚上,窗户开着,她拉了一块薄纱防止蚊子进来,她透过窗户听到一对夫妻走过。男人的说话声音很低。她被感动了。

　　白天和黑夜,都是有规律的,漫长、单调、寂静。玛丽亚把她的运动包放在草坪上,穿上她的游泳衣,跳进维尔德巴赫的游泳池。她在水下滑行,避免惊扰影子和倒影。

　　一个星期天晚上,她有点忧郁,拿了一把扁平的钥匙,上了她的欧宝车,向她教书的学院方向开去。她打开大门,踩着院子里满地的枯叶。B号楼梯那里搭了一个脚手架。她穿过钉着一排铜挂衣钩的长长的前厅。在她的教室里,她只看到圆管课桌。她的雨伞还在,靠着柜子。十字形窗户的影子落在一张世界地图上。她看着整齐摆放着的空空的长椅。只有幽灵,学生的幽灵,无数的幽灵。

黑板上画着几棵小树和一个巨大的太阳。有人想把自己的名字倒过来写：斯马……也许原名是托马斯。还有一个粉笔盒，里面有粉笔灰和几把圆头剪刀。

她对遗忘的气味很敏感，她凝视着歌德和让-雅克·卢梭布满灰尘的肖像，非常感动。一切都被遗弃了，一切都被留在了那里，夏天变成了秋天。

她走到那里，就在暖器旁边，她笔头考试的时候经常站的那个位置。从那里可以俯视院子。天开始暗了下来。她看到下方的城市闪烁着亮光，几座商务大楼，朦胧的亮光笼罩着街区，是最早亮起的霓虹灯。

一片不可思议的宁静。整个学校静止不动，黑暗、庞大、空旷、奇怪、不真实。玛丽亚平静下来。一扇窗户开着，雨点开始噼里啪啦地落进院子里。更高处的檐槽排出雨水。但是在这里，在这个教室里，可以躲避外界的暴力、宣传、轰炸机和莫斯科的报告。

她久久地凝视着字典、百科字典、地图册，它们巨大的影子堵住了黑板旁边的墙角。然后她解开衬衣的两颗纽扣，摸着乳房下那块小小的神秘的地方。那里有样东西在跳动，隐蔽，有规律。

也许她没有能力理解布莱希特和柏林剧团……也许她孤

僻的智力太狭隘,太局限,太混乱。她以前是不是太傲慢?

被高大的橡树笼罩的灌木的形象让她笑了起来。是的,她监视的不是"她爱的男人",而是"让她着迷"的男人。远处的柏林,在一个她完全陌生的世界里闪烁着。她感到自己慢慢地恢复了知觉,仿佛大病初愈。她没有能力理解利害关系?没有能力理解局势?她也许过于敏感?过于多愁善感?但是她所有的精力,她那颗"炙热而纯洁的心",最终只换来那些郁闷的夜晚。夜间游荡,安静的幽灵世界……有一天,她能否为监视布莱希特的行为辩护?

长久以来,她因为缺乏理解一个二元的、断然的、教条的、冰冷的世界的能力,而沦落为幽灵。她知道在这里,在夏天即将结束,时光如此细薄的一刻,无论有没有她的学生,她至少能够应付,甚至微笑。外界的暴力走不到这个院子里。

她走了出去,上了她的欧宝车,天空变晴朗了。只有冷杉树林边缘还有雾气。

她向市中心驶去。只有光滑的道路和路的两侧规则的白色隔道线。她在一个熟悉、宜居的和平世界的道路上缓慢行驶。道路,仿佛普通的缎带,还有那些规则的白线,都从侧面溜走。

她打开她院子的门,院子里的味道很好闻。

LA MAÎTRESSE DE BRECHT by Jacques-Pierre Amette

Copyright © Editions Albin Michel-Paris 2003

Current Chinese translation rights arranged through Divas International, Paris

巴黎迪法国际版权代理(www.divas-books.com)

本书中文简体字版版权,浙江文艺出版社独家所有。

版权合同登记号:图字:11-2019-297 号

图书在版编目(CIP)数据

布莱希特的情人／(法)雅克-皮埃尔·阿梅特著;周小珊
译.—杭州:浙江文艺出版社,2023.1
　　ISBN 978-7-5339-6973-8
　　Ⅰ.①布…　Ⅱ.①雅…②周…　Ⅲ.①长篇小说-法
国-现代　Ⅳ.①I565.45
中国版本图书馆 CIP 数据核字(2022)第 165391 号

策划统筹	曹元勇
责任编辑	周　思
责任印制	吴春娟
装帧设计	汐和 at compus studio
封面插图	河野尾
营销编辑	耿德加　胡凤凡
数字编辑	姜梦冉　诸婧琦

布莱希特的情人

[法] 雅克-皮埃尔·阿梅特 著
周小珊 译

出版发行	浙江文艺出版社
地　　址	杭州市体育场路 347 号
邮　　编	310006
电　　话	0571-85176953(总编办)
	0571-85152727(市场部)
印　　刷	上海盛通时代印刷有限公司
开　　本	889 毫米×1230 毫米　1/32
字　　数	130 千字
印　　张	7.5
插　　页	1
版　　次	2023 年 1 月第 1 版
印　　次	2023 年 1 月第 1 次印刷
书　　号	ISBN 978-7-5339-6973-8
定　　价	52.00 元

一本书打开一个世界

欢迎订购、合作

订购电话：0571-85153371

服务热线：0571-85152727

KEY- 可以文化　　浙江文艺出版社　　天猫旗舰店

关注 KEY- 可以文化、浙江文艺出版社公众号，
及浙江文艺出版社天猫旗舰店，随时获取最新图书资讯，
享受最优购书福利以及意想不到的作家惊喜